おんな心

松江ミルナ

幻冬舎MC

おんな心

はじめに

振り返れば平凡だけれども非凡な人生、こんな人生を送った人は他にもいるだろう。女性が社会でいきいきと生きるのには、私はどうすればよいのかと自身に問う人生であった。一九四四年（昭和十九年）に生まれて、現在喜寿（きじゅ）を超えて七十八歳になった。白髪が増えて物忘れもひどくなって、さてこれからどんな最終章を飾ろうかと考えるようになった。一九七〇年代、日本では活躍の場がなく、日本を追われるように二十七歳で未知の世界に飛び出した私。一度はドイツに生活の場を見出し、働きながら大学に進み、歯科医師になった私。十年後に帰国してからは、歯周病（ししゅうびょう）の臨床という人生の目標を持って、夫と共に日々邁進（まいしん）した私。その夫を見送ってひとりになった私。

こうして文章に書きとめることによって、自分の人生を俯瞰的（ふかんてき）に見ることができた。過去の「思い出の記」に終わることなく、未来になにかが待っている、そのために今するべきことはなにかを考えるチャンスにもなった。

さあ、前に進もう。

ゴールはまだ遠いさ、ゆっくり行こうって、自分に言い聞かせながら。

二〇二二年　夏　松江　ミルナ

目次

酔芙蓉、しとやかな恋人

今年（二〇二二年）も、九月に入ると玄関わきにある酔芙蓉（すいふよう）が咲き始めた。一昨年に植えた木はもう二メートルを超える高さになっている。

酔芙蓉の花は朝に白い花を咲かせる。花弁は五枚。黄色い雌しべの足元に、白い小さな集合体の雄しべが囲んでいる。四センチくらいの大きさの透き通るような薄い花びらが、それらを包むように開いている。

昼過ぎになるとピンク色に変り、夕方にかけてお酒に酔ってくるように花びらはさらに色を濃くする。そして、「ほらね。ゆっくりお休み」と言いながら完全に閉じてしまうと、いさぎよく枝から落ちる。

白い一重ざきの花は可憐（かれん）。ピンクの花は、恋人と会うためのおめかしをしているようでもあり、愛（いと）しい。そして、夜になると未練を残さず、みずから枝から去っていく姿がかっ

こいい。

三十五年前、ドイツから帰国して結婚をしてから、母と夫と私のために、梅林が残る一角に家を建てた。その一年後、玄関わきに小さな酔芙蓉を植えた。アオイ科のフヨウの仲間。むくげの花にも似ているが、それらにくらべてしとやかに清楚に咲く。

その酔芙蓉は、鉄筋コンクリート造りの家に柔らかな空気感をもたらしてくれた。

「きれいに咲きますね。酔芙蓉の色がなんともいえず美しいですね」

お向かいのFさんに、そう言ってよく褒めてもらっていた。私より五歳年上の、何時も髪の毛をきれいに束ねている夫人である。

小さい植木だった酔芙蓉は、二十年以上も経つとどんどん枝を広げて大きくなった。秋が深まってくると落葉する。そのため、隣の家にも落ち葉をたくさん落とすようになり、連れ合いを失くして寂しそうに力を落としている、九十歳のNおばあさんに迷惑がかかるようになっていった。時々、隣に行っては枯れ葉そうじをさせてもらっていたが、毎日のことなので追いつかない。そのため、とうとう私は植木そのものを切り倒してしまった。

木が大きいので枝をまず落とし、幹はいくつかのパーツに分けて切り倒した。そして、頑張ってその根も掘り起こして取り除いた。

その跡地になにを植えようかと悩みながら、まずは紫陽花（あじさい）の鉢植えを置いてみた。スカッと明るくなった玄関まわり。でもなにか物足りなく、私の心も寂しくなっていった。

一年後。木を切り倒したところに、小さな苗木が一本、生えているのを見つけた。

「えー、なに？　酔芙蓉？」

そう思って観察していると、その木は小さいつぼみをつけ、その内に酔芙蓉の花を一つ咲かせた。植えていた酔芙蓉に実ができ、その中のあった種がここに落ちて、それが芽を出したのだろう。その奇跡に驚いた。

あの「酔芙蓉」は我が家をとても気に入っていて、ここにいたいと思ったのだろう。なんだか、青春時代の恋人が帰ってきたように感じて、ドキドキした。

早速、その小さな木を植木鉢に移して、頑張れよと言いながら鉢の中に赤玉土をいっぱい入れた。

次の年に、酔芙蓉はさらに多くの花を咲かせた。

五月の気候のいい日に、しっかりとした根ができているのを確認してから、元の場所に地植えした。一昨年のことである。

それからその木はどんどん大きくなって、今年は以前と同じようにたくさんの花を咲かせている。以前にもまして、見事な酔芙蓉の花だ。

「あなたは、ここで咲きたかったのよねえ」と、感無量。

酔芙蓉の花言葉は心変わり、またはしとやかな恋人というらしい。

「あなたは、心変わりせずに私達をよく覚えていて、ここに帰りたかったのよね」

「あなたは、私のしとやかな恋人だわ」

夕方になって、ピンク色に頬を染めるのは、私をひそかに想うからよね。

実際には、白い花の細胞の中には含まれていないアントシアニンが、日が昇るにつれてそれを生合成する酵素の働きが活発になって、花弁にアントシアニンが蓄積されるので赤くなるのだそうだ。

アントシアニンが赤い色の原因だとわかった今でも、私はやっぱり恋人のような花の心の働きが、花をピンク色にする原因だと思っている。

「白い花が、色を変えるなんてロマンチックですね」

と、Ｆさんが言っていたことを思い出した。

そのＦさんを、この頃はめっきり見かけなくなった。

「どうしていらっしゃるのかしら」

「この酔芙蓉は前の酔芙蓉の木の子供ですよ。切り倒した後に、またここに着床していたのですよ。この木は、頑張ってここに根付いたのですよ。だから、奥さんも頑張って！」

と、彼女を元気づけることができると思うのに。

この酔芙蓉は、私が母を見送り、主人を失くして一人になったことも、隣やお向かいの奥さんたちが元気を失ったことも、ずーっと見つめてきた。そう、みんなのいろいろな人生を見守ってきたのだ。

そして今、新しい木に生まれ変わっても、また私達を見守ろうとしてくれている。

七十八歳になった私に「頑張れ」と、応援してくれている。

しかし今年、私がこんなウキウキした気持ちになるのは、しとやかな恋人が私の所に帰ってきて白い花を可憐に咲かせてくれ、青春の気持ちをもう一度取り戻そうとしている私に会うため、夕方になるとピンク色におめかししてくれているからなのだと思う。

「おかえりなさい、私の酔芙蓉さん」

二〇二二年　九月

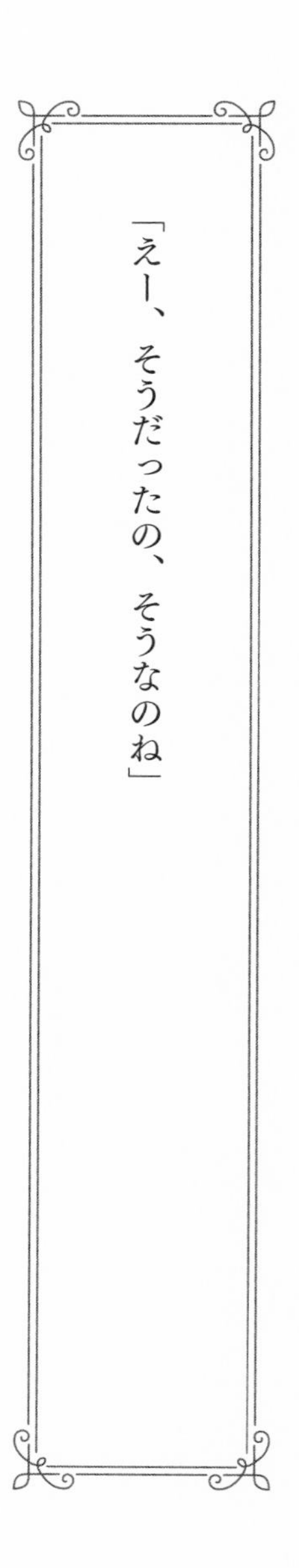

「えー、そうだったの、そうなのね」

二〇二二年四月二十七日水曜日、没後五十年記念の鏑木清方(かぶらききよかた)展に行った。

一九七一年発行の十五円切手の図柄となった「築地明石町(つきじあかしちょう)」の、あのはんなりと美しく上半身をひねって振り返る女性に、一度会ってみたかったから。

夜会結(やかいむす)びという明治の頃の髪型をした、すこし疲れたようにも見える、上品な白い肌の顔が美しい、どこか粋(いき)な女性が、黒い羽織を着て凜(りん)と立っていた。腕は袖の下に隠しているけれど、袖口から少し見えている左手に指輪をはめている。ああ、あの築地明石町の後家さんかな、とみんなに思わせるような、親近感を覚える作品だった。

「えー、私を呼びましたか？」と、後ろを気にしているというよりも、

「えー、そうだったの、そうなのね」と言葉にせずに何かを思いめぐらしているように見える。上目遣いにどこかを見ている顔の表情に加えて、体軸を左足に置いて少し体をひ

ねっている姿勢が、誰かを思い出しているようにも見える。さらに、下駄を履いた足をわずかにつま先だてて、歩みを止めて指に力をいれ、ふと後ろを振り向く様子からも、おんなの気持ちの揺らぎが伝わってくる。

七十七歳になった今の私。

「そう、そうだったの。私もあの日のことが、あの人のことが忘れられないわ。そうなのよね」

「築地明石町」には、この私の思いもとらえられているかのよう。

七十八歳の頃の清方の写真を見ると、ふくよかで好々爺（こうこうや）のようだ。鏑木清方展の会場で聞いた彼の肉声からも、天才的な鋭い美人画の作者という雰囲気は感じられない。陽だまりで含み笑いをしながら絵を描いている姿が想像できる。

彼の描く多くの肉筆の美人画は、柔らかい、しかしいきいきとした線画で描かれている。人物には影が描き込まれていない。静止画なのに一瞬の動きが見えるようで、そこに立体感も感じられる。

そんな彼が、「何もない一瞬が何よりも美しい」と言って、庶民の暮らしの中の一瞬を美しくとらえた、人情味豊かな、そして粋な姿は、画を見る人々の足を止めさせる。そ

　「えー、そうだったの、そうなのね」

う、ため息が出る程なのである。

そういう清方が、長崎丸山の遊女の宗門改めの日の、彼女たちの人生の中での一大事を描いた珍しい作品があった。

清方四十歳の円熟した境地に入った時代の作品、『ためさるゝ日』である。

今まさに踏み絵をしなければという場面。着飾った花魁が、首を大きく傾げて前に進もうとしている。着物に隠れている背中や手から、私達は想像するしかないのだけれど、確実に彼女のたじろぐ心の迷いが伝わってくる。そして、なにより彼女の足。足に力が入って、指をくの字に曲げながら浮き上げて、一歩進むのを躊躇している。そこに、彼女の慄き、ためらいが表現されている。心の悲鳴が聞こえてくるようだ。

清方自身も、この画は会心の作と言っていたらしい。この重大な情景を切り取った一瞬の表現に、私は彼の画力の高さに感服した。


東京の清方と並んで、美人画の双璧と言われる京都の上村松園の、「序の舞」の十円切手も発行されていたのを思い出した。そこで、本棚から久しぶりに画集を取り出してみた。「序の舞」は、清く美しい女性が、能の序盤のゆるいテンポの序の部分を、香り高く静かに舞っている姿。
京都に生まれた松園は、京都の着道楽の名に恥じない、美しい着物や帯、そして髪型にこだわって美人画を描いている。彼女の美人画も、いわゆる影を描き入れない線画である。女性の舞の仕草が一瞬止まったところをとらえて、その形の美しさを際立たせている。松園が能に傾倒していたからかもしれない。はんなりと美しいが、清方が描く美人からは余韻のある動きが感じられるのに比較すると、この松園の美人はしっかりと「型」を作って静止しているように見える。

ページをめくっていくと、彼女が三十八歳の頃の作品らしいが、女の内面と悲哀を描いた、代表作の一つ、「焔（ほのお）」がある。

この画の主題は、源氏物語の中に登場する六条御息所の執拗な怨念（おんねん）に翻弄（ほんろう）される姿で、自分の髪の毛を噛んで振り返る青い顔や、目の白眼の部分に小さく金をいれて、ピカリと輝かせて見せているところにも、六条御息所の怨念の思いが深く表現されている。

不自然に身体をくねらせている姿勢に安定感はないけれども、私にはやはり能の「型」の表現に見えて、静止画に見える。ただし、どうしてなのだろう。その静止画から何かがふつふつと私に伝わってくる、のたうち回っている六条御息所の怨念が私に迫ってくるからなのだろうか。

こんなにも品位を落とさず優艶な六条御息所を描けたのは、きっと清方には描けない、女である上村松園の実力なのだろう。


鏑木清方の作品の中では、明治時代の有名な落語家の「三遊亭円朝像」が好きだ。

座布団の上にゆったりと座って、落語のことは考えずにまさにお茶を飲もうとしているところ。この雰囲気では番茶でなければいけない。手の中でその温もりを感じている。背筋を伸ばして、体重をしっかりと自分の腰に落とし、微塵も揺るがずに座っている。安定感があり、その風貌や仕草から、これは粋な落語家円朝以外の何者でもないという雰囲気が描き込まれている。肖像画を超えた実在の人物を感じさせる画なのである。

イタリアのミケランジェロは、人体の骨格や筋肉のかたちや動き方を研究して、リアルな人体像を描いている。均整の取れた姿や動きを忠実に再現した、フィジカルに安定した、あるいは躍動感のある姿だ。

一方、清方は人体のかたちを正確に模写しようとしているというよりも、人物の本質、心の動きを感性で表現しようとしていると思う。清方は日本画の特徴である平面的な線画と彩色で描いている。つまり、ミケランジェロのように腕や足の筋肉のリアルなかたちにはとらわれず、重力に逆らわない、立ち姿、座像なのである。

静止画なのに一瞬の動きが見え、しかも影を描き込んでいないのに、奥行も感じられる。

実在の、落語で生きている人の、あるホッとした一瞬を描いた清方の技量に、私は脱帽した。


「築地明石町」の、あのはんなりと上半身をひねって振り返る女性が好きだ。

清方が四十九歳で描いたらしい。

幸田露伴の小説に登場する才女をモデルとしたのだそうだが、きりっとした立ち姿で、身体をひねって振り返りながら、

「えー、そうだったの、そうなのね」と、遠くを見る彼と同年代の女性。

言葉は発していないけれども、そう心の中で言って、何かを回顧しているように見える女性。

七十七歳を超えた今の私は、匂うように美しいこの人に、次第に感情移入していった。

この築地明石町の後家さんを自分に置き換えてみているからかもしれない。

この人に寄り添って、築地明石町を一緒に歩きたいと思ってしまう。

二〇二二年　五月

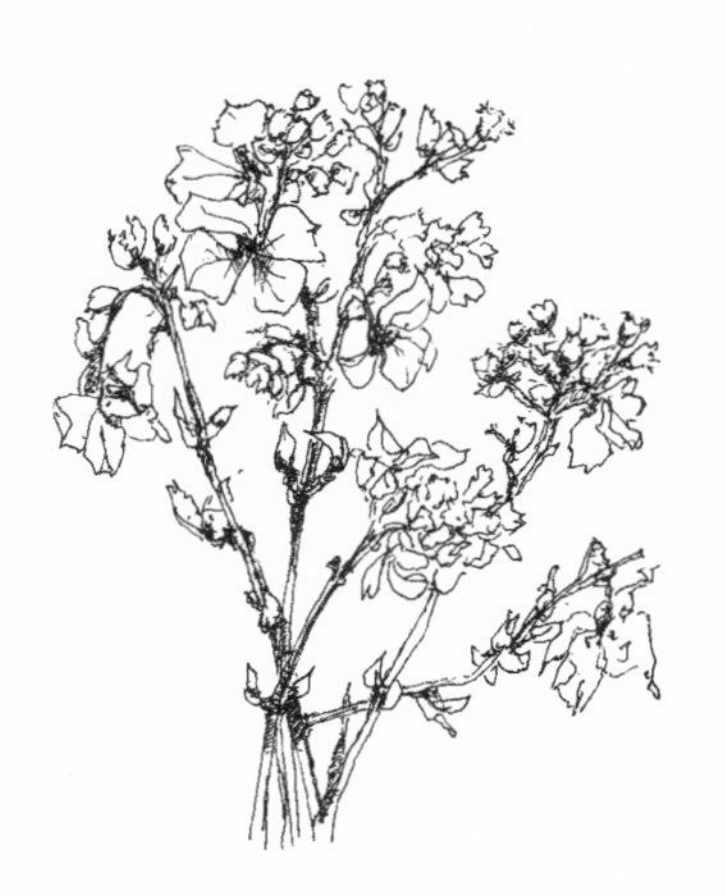

おんな心……

一九七七年、私は西ドイツのグーテンベルク大学の歯学部の最終学年に在籍していた。

今日も、B教授は授業が終わると、黒板の横にあるドアを開きながら、「グーテンアーベント」と、学生たちを見送っている。

B教授は、グーテンベルク大学の歯科を専攻している学生に金曜日の午後に皮膚科の授業を行う先生である。大学病院の一角にある医学部内の階段教室で、スライドを見せながらの授業が多い。授業が終わって部屋が明るくなると、学生たちは立ち上がって、「グーテンアーベント」と挨拶をしながら講義室を出て行く。

ドイツでは、授業時の出欠は取らないし、出席率も成績に関係しない。学生はそれぞれの授業を評価、判定し、出席に値しないと思えば欠席する。

だから、この授業にもクラスの半数の二十人ほどの学生しかいない。

「グーテンアーベント、授業はいかがでしたか。質問はありませんか」

何時ものように、B教授はドアの前で私に話しかけてこられた。

皮膚科の授業の大半は粘膜疾患（ねんまくしっかん）なので、専門分野とはいえ、見るに堪えないものも多い。特に女子学生は、気持ち悪くなって目を背けてしまう。

それでも、私は頑張って授業を聴講していた。

「フロイライン　フクイ、今日の授業はどうでしたか」

ある時から、私の名前を呼びながら話しかけられるようになった。

「フロイライン　フクイ、今夜は時間がありますか？」

とうとうきたか、と思った。デートの誘いのようだ。

「あー、今夜は友人と約束があります」

次の週は、

「あー、復習しなければいけないので」

何度か、授業の後でこんな受け答えをしていたが、とうとう、十歳年上の友人のリロが忠告してきた。

「B教授が、こんなに何回も誘っているのだから、曖昧（あいまい）な返事ばかりでは失礼にあたるわよ」

私は三十三歳。Ｂ教授はおそらく四十歳を超えたあたり。独身である。

「Ｆ教授の時とは違うわよ」と、リロが続けた。

Ｆ教授というのは、私達が二年前に組織学の講義と実習を受講していた先生である。彼は、五十歳くらいのすらりと背の高い男性で、授業もわかりやすいと評判であった。そして、白衣の白いズボンの下から赤い靴下が時々見え隠れするように着こなして、おしゃれなのだ。

その時の私は製薬会社で働いていたので、組織学は得意の分野。授業にはいつも出席していた。大きい階段教室の後方の席に座っていると、Ｆ教授が教壇を離れて、次第に私の席の近くまで来て授業を進めることが多くなり、「日本から来た手紙なのですが、独訳してくれませんか」と、話しかけられるようになった。

その度に翻訳(ほんやく)の手伝いをしていたが、教師の経験のあるリロがその度に付き添ってくれた。

ある時、

「自分の部屋に論文があるので、ちょっと部屋に来てくれませんか」

と、別棟の二階の教授室へ来るように促された。

「じゃあ、私とカローラはカフェテリアで待っているわ」とリロが私の耳元でささやいて、講義室を出て行った。

教授室に着くと、何だか雰囲気がおかしい。

「コーヒーにミルクと砂糖は必要ですか。チョコレートケーキとチーズケーキとどちらが好きですか」

「あのう、論文は？」

「あゝ、まあ座ってください」と、教授。

「学位を僕の所でとるならば優遇しますよ。僕が手伝いますから」

「ワインは好きですか」と続けてくる。

「えー、そういうことなの！　そういう流れなの！」

私は彼の言葉には返事をせずに、

「研究室を見学させてください」と言って、立ち上がった。

彼は、まだ何かを言いながら、それでも私を出口へ導いた。

そして、鍵束をポケットから出して、ドアの鍵を回したのである。

「えー、鍵をかけていらっしゃったのですか……」

「いやー、ここは、自動的にかかるのですよ」

学位を獲得するための試験の合否を決定する権利があるのは、博士号取得のためのスーパーアドバイザーで、彼は私のスーパーアドバイザーになってあげようという。

F教授は既婚者で、成人した娘もいるが、若い女性が好きなのだと言った。

ちょうど日本のどこかの大学の教授が、大学院の女子学生を誘って一緒に掘りごたつに入ったとかで、問題になっているというニュースを聞いたところであった。

ドイツでは、先生が女学生を誘うことは珍しくなく、普通は全く問題にされない。しかしF教授は、若い女子学生を誘惑するという評判の人で、学位を与えることを条件に、付き合うことを強要すると聞いていた。

「僕は、あなたと一緒にワインを飲みたい」

「私は……」。言葉に詰まった。

部屋に鍵をかけて、私を閉じ込めるような人なのだ。

しかし、そう簡単に拒絶することも難しい。

「どうしよう」と、思いながらも、

「ありがとうございます。けれど、今日は……」

なんとか別れを告げて、階段を下りていくと、リロたちが私を待っていてくれた。「大丈夫だった？」という顔をしながら。

ドイツで歯科医になるためには、医学部に入学して、三度の国家試験をクリアしなければならない。

一度目は、自然科学系の試験で、これに合格した者が次に進級できる仕組みである。

二度目の試験は医学部課程試験（フィジクム）といって、一番の難関である。ここをクリアすると、いよいよ歯学の臨床を学ぶために歯科病院に入って、三年後に歯科医師国家試験を受験することができる。

その医学部課程試験で、組織学の口頭試問（こうとうしもん）をするのが、F教授なのだ。

その当時は、すべての国家試験は口頭試問の形式で行われていたので、教授との人間関係は、合否に多少なりとも影響する。しかも、どの国家試験も二度しか受験できない。二度目が不合格になると、たとえ西ドイツの他の大学に転学しても受験できないシステムになっているので、学生たちはみんな真剣なのだ。

合格すると外科や内科、眼科といった医学部や歯学部の臨床に上がることができるが、ここで半数位にまで篩(ふるい)にかけられる。だから、学生たちはとても緊張する。試験官は正副を含めて三名、その前で学生四人が一組になって口頭試問を受ける。学生同士の結束も、試験の結果に影響する。

だから、Ｆ教授との人間関係は、リロやカローラを含めた私達に重要なのだ。

組織学の口頭試問が終わって副官たちが退場すると、Ｆ教授はおもむろに

「合格です」と言いながら、私達に話しかけてこられた。

リロたちも、この結果に安堵(あんど)しているようであった。

「フロイライン　フクイ。さて、学位取得のための研究の件ですが、どうですか」

「いえ、結構です！」

と、今度はハッキリとＮＯと言うことができた。国家試験の成績が決まると、もう迷うことはない。

その年、私は無事に医学部課程試験をクリアして、歯学部の病院に進級した。

病院では二年半の臨床実習があり、その歯科臨床を終了すると最後の国家試験を受けることができる。Ｂ教授は、その歯科医師国家試験の皮膚学の試験官で、我々を口頭試問する先生である。

「じゃあ、午後七時に」と彼のデートの招待を受諾した。

帰り道で、リロは呟いた。

「どんな所に招待するかで、彼の本気度がわかるというものよ」

個人主義が徹底しているドイツ社会では、他人の恋愛問題に関与しないのが普通である。しかし、私が日本人なので心配してくれたらしい。

その夜、Ｂ教授は黄色のメルセデスベンツで迎えに来られた。車はよく手入れされており、恥ずかしいくらいにピカピカであった。

「こんばんは」と言いながら、車を降りて助手席にまわり、車のドアを開けながら私を誘導してくださった。ほのかにバラの匂いがした。

車は静かに発車して、ライン川の対岸にあるヴィースバーデンの中心部をぬけ、山裾の駐車場に車を止めた。そして表道りに回って、入り口に小さく『ラ・フランセ』と表示されたレストランに入った。

冬なので、レストランの入り口には紫色の緞帳(どんちょう)が下がっていて、冷たい風が入り込まないようになっていた。中に入ると、暗い店の中にテーブル席が十数席見えていた。

「いらっしゃいませ。お待ちしていました」

黒いスーツ姿のフロア係に、私達は中ほどの席に案内された。

メニューを手に、彼は時々私の好みを聞きながら、「まず、前菜は……、そして……」と、次々と注文を続けた。フランス料理のコースであった。

一年前に別れたアルフレッドとは、一度も訪れたことがないような、落ち着いた雰囲気の店であった。そして、上品な料理であった。

「よかった……」

この夜の私は、三十三歳の女、レディにふさわしい青色のスーツで来ていたから。

十一時過ぎに、あの黄色のベンツで我が家まで送ってもらった。

家の前で車を降りて、

「ありがとうございました、また、来週！」

そう言って、B教授は静かにベンツで帰って行かれた。

次の日、リロがすぐに聞いてきた。

「どこに招待されたの？」

「え！　ラ・フランセなの。私も主人も行ったことがないわ。ミシュランガイドに載っている店よ」

つまり、「おんな心」に激震(げきしん)が起こるくらい……のようなのだ。

その後も、何度かデートが続いた。

「私は、コッヘムのモーゼルワインが好きですが、あなたは？」

その頃はまだそれほど、高速道路が開通していなかったが、さすがにベンツの乗り心地は快適であった。

運転中は、香水の匂いがしていて、オペラがながれていた。

「これは、母の好きな曲ですよ、フィガロの結婚！」

「私は、モーツァルトよりもワーグナーが好きですが、あなたは？」

「ニーベルングの指輪は？」。話はどんどん深みに入っていく。

「ルードリッヒ二世もワーグナーに傾倒していましたよね」

私には、その感想を言えるほど、音楽の知識も趣味もない。クリムトやマチスの絵の話なら少しはできるけれど……。

残念ながら、「住む世界が違うなあ」と、次第に違和感を感じるようになっていった。

次の年の春、歯科医師国家試験が始まった。国家試験は通常、約半年の予定で行われる。まず、主要な歯科学の科目を中心に、臨床および口頭試問が行われ、次に外科や内科などの歯科医のための医学の試験がある。皮膚学は口頭試問だけである。教授室に学生が集められ、B教授の他に二人の副官の立ち会いで試験が終わった。私達は、素晴らしい成績がいただけた。

「フロイライン　フクイ、学位論文の件ですが……」

一息ついてから、私は丁重に断った。

そして、ふたりの関係は終わった。

この一年の間、アルフレッドと別れてから、気持ちが不安定になっていた。

しかし、B教授の申し出を受けなかった時点で、意外にも気持ちが楽になってきた。

五月末、すべての歯科医師国家試験が終了した。リロはフランクフルト郊外の町で開業の準備をするという。私は大学に残って、歯学部病院の補綴（ほてつがっか）学科に職を得た。

ドイツでは、卒業式というものはない。事務的に、国家試験合格証書を受け取っただけである。もちろん、入学式もなければ、新入生のオリエンテーション等がなかったくらいだから、学生たちには同窓生意識がなく、それぞれが、自分の道へと進んで、大学町から離れていく。

私は、博士論文を書きながら、病院で臨床を行い、学生の指導にあたっていた。

そんなある日、日曜日であった。

昨日のザワーブラーテンの残りを、温めなおして食べるつもりだった。悪いことには、サラダに入れるパセリがないことに気が付いた。「しょうがないね」と諦めて、瓶からマヨネーズをスプーンですくいあげた。

その時、電話がかかってきたのだ。

受話器をとると、アルフレッドの声であった。

「元気？　今、どうしている」

私は、しばらく声が出なかった。

別れてから、私は引っ越しをしている。彼は私の電話番号を知らないはずだ。

今は、二人とも異なった世界で生きている。だから、もう電話はしないでほしい、という内容の短い会話をして、受話器を置いた。

なにかがストンと落ちて、すべてのモヤモヤを克服したと感じた。


さあ、前に進もう。新しい恋もしよう。

ただし、「□□ホテルの三十四階のミモザで、八時に」と言われると、夜景で演出をして、それからという魂胆（こんたん）がみえるし、

「裏通りの△△ビルの地下のバー『白薔薇（しろばら）』に来てください」

これもひとつ、うさんくさくて、気が乗らない。

要するに女なんて、いつも映画のワンシーン並みのデートをしたいと望んでいる。

もっとも、ゲイリー・クーパーやグレゴリー・ペックのような紳士が、優しい声で迫ってくると、これまた引いてしまうのだけれど。

注　グーテンベルク大学は、西ドイツのマインツにある総合大学
　フロイライン　フクイは、私の旧姓

ザワーブラーテンは、ドイツの家庭料理

二〇二一年　八月

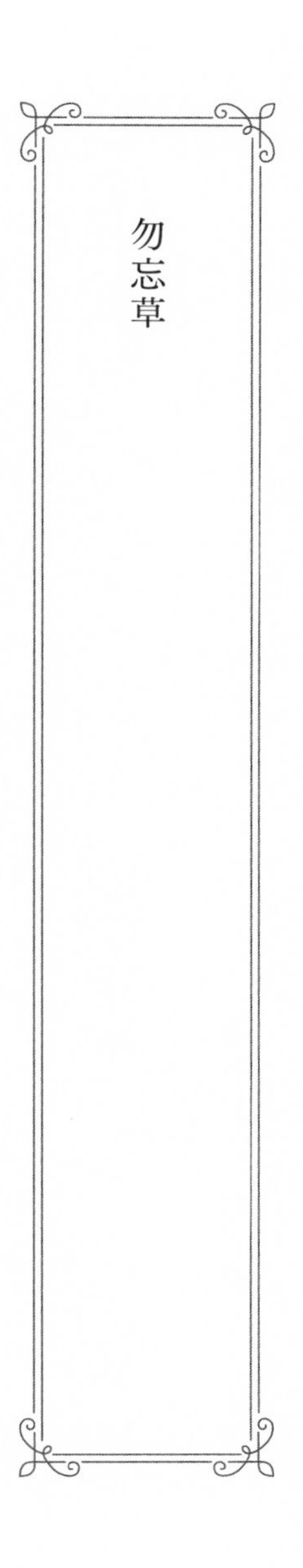

勿忘草

一九七五年の夏、車で六時間をかけて南ドイツのミュンヘンまで出かけて、ＦＣバイエルン・ミュンヘンチームのサッカーの試合を観戦した。

「あの後ろ姿がフランツ・ベッケンバウアー、三十歳。彼はディフェンスだけれども、攻撃にも加わるんだ。こっちのＯ脚の選手が、僕たちと同い年のゲルト・ミュラー。彼が昨年のワールドカップで、オランダ戦で決勝のゴールを決めたんだ。優勝に導いた人だよ」

いつものように、アルフレッドは試合のルールや選手についてわかりやすく解説してくれた。

帰り道、ニュルンベルクに寄ることになった。

「見せたいものがあるんだ」

街中に堂々と立つ、ふたつの尖塔（せんとう）を持つゴチック建築の聖ロレンツ教会だという。

「この教会も第二次世界大戦で破壊されたので、修復されているんだよ」

「ここの人々は、芸術作品を戦争中は疎開させていたんだ。だからこれも無傷だった」

彼が指さす先には、大きなレリーフが天上から下がっていた。

私は、その聖母マリア受胎告知のレリーフを仰ぎ見ながら、

「天使ガブリエルが持っているのはユリよねえ。マドンナリリーと言われている」

「私、ユリの花が好き」

私は、アルフレッドを振り向きもせずに、言葉を続けて、

「特に、大きな白いユリは美しいわ。純潔のシンボルよね。清楚だけれど、存在感があるわ」

アルフレッドは何も言わない。

「日本では橙色の山百合も好きだったわ。夏に咲く花……」

この時、彼を見上げて私はハッとした。

彼がプレゼントしてくれる花は、ユリやバラのような華やかな花ではない。スミレであり、勿忘草だった。しかも今興味を持つべきは、花のことではない。彼は、西洋的なキリスト教的観念を生まれながらにして持っていて、教会に入る時には帽子やサングラスを外

す。それは、無信教的な仏教徒である私には、なかなか気が付かないことだ。日本人的世界観を理解しようと努力しながらも、私にドイツ人的思考そのものを、感じ取ってほしいと思っているようなのだ。

そして今、聖母マリア受胎告知（じゅたいこくち）について説明しようとしていたのに、ユリにしか興味を示さない私。

「勿忘草（わすれなぐさ）」は、直径六から九ミリ程度の小さい五弁の薄い青紫の花が集まって咲くかわいらしい花である。「忘れな草」とも書かれる。花弁の真ん中には黄色や白色の小さな斑点がある。葉は長楕円形で、その葉から茎まで軟毛に覆われている。元々は春に咲く耐寒性のヨーロッパ産の多年草だが、高温多湿の気候ではいろいろな病気になりやすく、花屋では一年草として売られているようだ。

ドイツ語ではフェアギスマイニヒト、その言葉どおり、「私を忘れないで！」と名づけられている。

その名前の由来は、中世ドイツの悲恋伝説から来ているという。

騎士ルドルフが恋人ベルタのために、ドナウ川の岸辺に咲くこの紫青色の花を摘もうとして、誤って足を滑らせて川に飲まれてしまった。その時、ルドルフはこの花を岸に投げて「私を忘れないで！」と叫びながら死んでいった。その後、ベルタはこの花を彼の墓に供えて、彼の最後の言葉を花の名前にしたのだという。

二十七歳の頃、岸洋子が歌う『忘れな草をあなたに』を聞いた。

やっと、仕事が面白いと思っていた頃であった。

仕事場である兵庫県川西市の外資系のB社という製薬会社の研究所へは、満員の京阪電車、地下鉄と阪急電車、そしてバスを乗り継いで二時間をかけて通っていたが、毎日が充実した日々であった。

そのころ、恋をするとか、愛するとかという気持ちから、やや遠ざかった生活が始まっていた。この時は、とにかく研究に没頭していたかったのである。しかし、この製薬会社の生活は長くは続かなかった。上司によって仕事場を追われることになったから。

「この乱世をどう生きればいいのか。先のことはわからない。しかし、坂を上っているのか、下っているのか、それはわかっている。しかし、今の一歩を確実に登っていけば、やがて頂上を極めて、輝く太陽を仰ぐことができる」

中国地方の六ヶ国を支配する大名となった毛利元就の、二十八歳の頃の言葉。同年代の私は今、下り坂にさしかかっているらしい。戦って前進するどころか、立ち上がる前から、もう負けモードにはいっているような気がする。

そこを、どう気持ちを切り替えればいいのか。毛利元就は、下り坂を下り坂と思わない強い意志を持っていたのだろうか。

この年、岸洋子がこの歌を歌うのを聞いたのだ。不治の病と闘い続けながら歌う彼女の透き通った歌声は、人を癒す力があった。一九七二年である。

♬　別れても　別れても　心の奥に

と歌う彼女の声を聞きながら、私の胸に浮かんだものは何だったたか？

「私を忘れないで」という歌詞の中の「私」とは、自分の中の「生きる勇気」のようなもの。自分の信念を忘れないで、と「あなた」つまり「私」に語りかけているようでもあった。今、私のするべきことは、自分自身に負けないことだ。そうすれば、また新しい未来が開けてくるよ！

幸いにもドイツ人の社長にこの窮地を救われて、ドイツのインゲルハイムにある本社に出向することになった。そこで、会社の援助によって隣町のマインツ市内の会話学校に通い始めた。そして、ドイツ人のアルフレッドと知り合いになった。

学校は三カ月で終了したが、そんな頃、アルフレッドが小さな勿忘草の花束を持って私のアパートを訪ねてきた。

「まあ　かわいい」

こんな会話から始まって、週末に彼からドイツ語を習うようになった。彼は、私と同い年の身長一九二センチの大学生。週末には郊外に行き、花や鳥の名前を教わった。当時のドイツや世界情勢についても説明してくれた。

「え、そうなの？　想像もできないわ」

「その想像という言葉の発音が違うよ」

こんな風に、彼の説明には、いつも私のドイツ語の訂正が挟まれるのだ。まあ、そのおかげで私のドイツ語はみるみるうちに上達していった。

この頃は、マインツ市内のアパートに住んでいた。シャワー、トイレに小さなキッチンの付いた中庭に面した八帖位の部屋であった。いつしか、アルフレッドが訪ねてくるのを心待ちにするようになった。

その後、会社のあるインゲルハイムのアパートの一階に引っ越した。ライン川の近くで、独立性の高いドイツの一般的な住居。ワンルームタイプだがキッチンと大きなバスルームが付いている。ここで、アルフレッドと週末を過ごし始めた。

彼は、フランクフルト大学法学部で四年間学んで、第一司法試験に合格。今は国民経済学を学んでいると言っていた。国家主義ファシズムへと傾倒していった社会を批判しつつ、現実に背を向けた非政治的な人には反発して、部屋に法律の本をずらりと並べ、私にもドイツ憲法の中のドイツ基本法という小冊子を見せてレクチャーをした。

一緒にいて、私に手を差し伸べることはあっても、自分のことは多くを語らず、全くぶれずに自己の姿勢を崩さない人だと思った。

その間に、私の生活は一変した。二年の出向期間が終わると、分析科の研究主任として日本の研究所に帰るはずだった。しかし、そこの上司である所長から復職を拒否され、ドイツに留まるしかなくなった。

アルフレッドとの未来はあるのだろうか。あるとしたら、何をすべきなのだろう。

「君は大きな製薬会社に研究者としての職を得ているし、もう十分に教育を受けている。なぜ、今また大学へ行きたいんだ」

「じゃあ、あなたはなぜまだ大学に通っているの」

「それは……、法律を学んでいる人の中では、そんなに珍しいことじゃあない。専門分野が必要なんだ」

「そうなの？」

私は、ちょうど導入されたばかりのフレックスタイム勤務に切り替えて、大学で医学を学びたいと言った。そうすることで、ドイツの本社でのポジションを得ることも可能になるかもしれない。

「あなたと共に生きていくのに、有利なのでは？」

私は、彼を見つめながらこう言って、彼の言葉を待った。

アルフレッドは、何も答えなかった。

「えー。どう思うの？」

私には日本に帰国するという選択肢がなくなっている。ドイツでの生活を確立させなければならない。しかも、今は世の中がオイルショックで揺れていた。

「この世をどう生きればいいのか。坂を上って行こう。今、一歩を進めばやがて頂上にたどり着くだろう」

「グーテンベルク大学の入学願書の書類は整ったの？」

アルフレッド的な考え方からすれば、賛成ではないけれども、弱者に対しては手を差し伸べなくてはならない。そう思ったのだろう。数十ページの書類を前に困惑している私を、最終的には手伝ってくれた。インゲルハイムの郵便局はもう時間外。願書の締め切りに間に合わせるために、マインツの中央郵便局までの二十キロを車で飛ばして、非常窓口で交渉してその日の消印を押してもらった。

西ドイツの大学は、入学試験はなく、書類審査だけである。

一九七三年、私は無事に大学に入学した。そして三年を過ぎた頃、会社を辞めて歯科の臨床に進むことになり、インゲルハイムのアパートから、マインツ市内のゴンツェンハイム・マックスプランクストリート一番地の家に引っ越した。庭付きの一戸建てに付随した落ち着いた下宿である。玄関を入ると左にトイレとシャワールームがあり、廊下をすすむと大きな部屋と台所があった。一応家具付きなのだが、テーブルや本棚などを手造りし、高価な全自動洗濯機も買った。

相変わらずアルフレッドとの生活が続いていたが、こうして自分の生活も充実したものになってきた。学業にも自信のようなものが生まれた。

そうこうするうちに、独り立ちしていく私との距離を、彼は感じ始めていたのだろう。三週間ほど留守にした後、アルフレッドが真剣な顔をしてゴンツェンハイムの住居に帰って来た。

「ボン大学に転学した。君もボンに来てくれないか。ボンは今の西ドイツの首都だし、美しい街だよ。歯学部もあるよ」

立て続けに、アルフレッドは私に語りかけて来た。

「歯科国家試験は口頭試問だから、知り合いの多いここで受けるのが有利。今、大学を変わるのは嫌だわ」

「うーん……」

「でもどうしてなの、相談もなしに。しかも突然に」

しばらくの沈黙の後に、彼は
「ボンで、第二司法試験を受験することにしたから」と、ぽつりと言った。

そしてアルフレッドは、しぼりだすように言葉を続けた。

「実は、幼馴染の友人に頼まれて、その女友達のために、オランダで中絶できる病院を探してあげたんだ」

その女友達が帰国途中に異常出血で病院に緊急搬送されてしまったので、アルフレッドが彼女に助言を与えたことが公になった。そのために、司法試験を受ける資格に必要な、実務修習生としての研修が中断した。

西ドイツでは、胎児を人為的に流産させること、つまり人工中絶は、母体の健康と生命を保護するための人工中絶以外は、刑法二一八条で禁じられていたから、法学を専攻する学生、彼の行為は許されないことであるらしい。それで、実務修習が終了できなくて、第二司法試験が受けられなかったんだという。

えー、このことが彼を苦しい立場に追いやっていたの。今まで私は自分のことで精一杯で、彼を思いやる余裕がなかった。

本来ならば研修期間中は給費が受けられているはず。彼がアルバイトをしている様子を知っていたので、何かおかしいとは感じていたのに。

「研修期間中に国民経済学を専攻していると言っていたというのは？」

彼が、自分のことをあまり語らなかったのは、こういうことがあったからなのか。

私が大学で順調に進級していくのを、複雑な気持ちで見ていたのかと思うと、涙がこぼれてきた。

「君には向上心（エヤガイツ）がある。褒めているんだよ」

エヤガイツは、野心がある、名誉欲が強いという、一般的には褒め言葉ではない。

この言葉を発したアルフレッドの心情は、どんなものであったのだろう。

「君は、確実に一歩一歩前進しているけれど、自分の未来は不透明だ……」

しばらくの沈黙の後で、アルフレッドは顔をあげて言葉をつづけた。

「一九七五年二月に法律が改定されたんだ」

妊婦の生活能力などの社会的適応が考慮され、十二週以内であれば人工中絶が認められるようになった。だから今は、自分を取り巻く束縛（そくばく）がなくなった。

それで、ノルトライン・ヴェストファーレン州で実務修習を受けて、司法試験を受けることにした。そのために、ボンに移ったのだと。

「そうなの。じゃあ、応援するわ」

と言ったものの、それ以上の言葉は出てこなかった。

思い悩んでいた彼の心の内面になぜ気が付かなかったのかと、私は自分を責めてみたものの、

「でも、私がボンに引っ越すなんてありえない！」

それでも、ボンに行ってベッドや冷蔵庫などの生活用品を一緒に買ったり、台所で料理をしたり、ボンの街を散策したりと、二人のマインツとボンを往復する二重生活が始まった。ボンはマインツから高速道路で百六十キロも離れている。

その後、私は歯学部の生活が忙しくなって、ボンに行くことが次第に負担になってきた。その上、精神的にも独立心が芽生えてきたように思う。それを彼も感じていたようであった。

一年くらい経った頃、私は大学病院での臨床実習のことなどを母に報告するために日本に一時帰国した。そして、数日前にゴンツェンハイムの住居に帰ってきていた。

その頃に親しくなった、日本人のSさんと楽しく語らって、まさに今、彼を見送ったところであった。

チャイムがなって、ドアがガチャリと開いた。

アルフレッドが来たのだ。

「もう、日本から帰ってきていたんだね。お母さんは元気だった？」

「ええ、ありがとう」

と言いながらも、私はどこか後ろめたく、ドキリとした。

「お帰り」

彼は何時ものように、私の肩に手を回して、私を引き寄せてそう言った。

この時、私は身体がこわばっていくのを感じた。

「日本に帰ってから、僕に対する気持ちが変わったんだ！」

「そんなことはないわ」

私は彼を見ないで「ただ、勉強に集中したいだけ」とだけ言った。

アルフレッドは、別れたくないとは一言も言わなかった。

けれども、私が日本から持ってきたお土産の腕時計を床に放り投げて、その後は静かに、後ろを振り返らずに帰っていった。私は玄関のところまで追って行って、今までの感謝の気持ちを告げたかったが、言葉にならなかった。

出てゆく彼を、ただ見送った。そして、心の中でつぶやいた。

「アウフヴィーダーゼーエン」

アウフヴィーダーゼーエンは、ドイツ語ではまた逢おうという意味なのであるが。

一九七八年、私は歯科医の国家試験に合格し、晴れて歯科医として大学病院で働くようになった。

夏のある日、花屋で勿忘草のブーケが店先に置かれているのを見た。

「可愛らしい」と並んで歩いていた友人が言った。

「花言葉は、真実の愛とか、友愛や誠実らしいわよ」

この花を持って私の所へ現れたアルフレッドのことを思い出した。勿忘草を持ってきた人、つまりそのひとりの人を愛しぬくことが出来なかった、苦い思い出が蘇（よみがえ）ってきた。

その後、アルフレッドとは会っていない。

アルフレッドも、今は私と同じ七十六歳のはずだ。

ユリの好きな私と、勿忘草の好きなアルフレッドは、同じ道を行くことが出来ない運命であったのだろう。

「愛している」と思いながら、同調できないでいた若い二人だった。

七十六歳になった今なら、どんな気持ちで語り合えるのだろうか。
そして二人とも、お互いの人生を淡々と締めくくることができるだろうか。

注　ニュルンベルクは南ドイツの古い街
マインツはドイツの中央付近にある宗教・大学都市
インゲルハイムはマインツから二十キロ西にある町

二〇二一年　七月

川の流れのように

私がドイツから帰国して七年を過ぎた一九八九年、ベルリンの壁が十一月に崩壊(ほうかい)した。その後のしばらくの間、私の中のドイツ、ドイツ人のイメージがゆらゆらしていた。喜ばしいことではあるのだけれども、東ドイツと西ドイツが融合(ゆうごう)したことが信じられないという思いの方が強かったから、本当なの？　という感じであった。

次の年、テレビから美空ひばりの歌が流れてきた。

♫　知らず知らず　歩いてきた　細く長いこの道
心地よい。この美空ひばりの歌を聴いていると、故郷のことやその後の人生が思い出されてくる。彼女の歌声が、こころの奥深くまで浸透してくる。

ドイツへ行く前、日本に居た頃の私は、人生は黒だけで描く水墨画が持っている無限の世界。そう、黒には五彩(ごさい)あるそうだから、その白黒の濃淡な複雑な表現の世界。ずーっと、そう思っていた。

私の人生は、川の流れのように曲がりくねっていて、急流になったりよどみになったりだった。いわゆる社会の荒波にもまれて、とくにドイツでの生活で、私の人生に赤や青あるいは黄色に色付けをしたことになったのだと思う。

最終的には、私の人生はどんな色に落ち着くのだろう。

一九七〇年代、その頃の西ドイツの人々は、「六十歳でリタイヤする。その後は第二の人生として余生を送る」と言っていた。

実際、私が居た西ドイツの町、マインツの大学の恩師や知り合いは、五十歳も後半となるとソワソワし始めて、趣味のテニスに力を入れる人、イタリアのジェノヴァの近くの海岸に別荘を探す人などが多くなる。

ドイツでは、十五歳でフォルクスシューレ（日本の小学校のようなもの）を卒業すると、一人前になるための人生がスタートする。その後に職業学校へ行って就職する人、あるいは上級学校に進学する人に分かれるが、どちらにしても仕事をし、子供を育てると、六十歳は大事な中間地点だ。

だから六十歳を目前とした頃は、五時を過ぎると仕事を止め、それ以降の人生を楽しむための人生設計をたてる、というのが正しい論理らしい。

この時の私は、以前に勤務していたB社の研究室で、いわゆるアルバイトをしていた。同僚の五十八歳のマイス氏は、

「午後五時以降はこの部屋は閉めるから」

「帰る時には鍵をかけるのを忘れないで」と、ドアノブに手をかけながら、そう言い残して出ていく。

私は三十四歳で、ちょうど今、歯科医の国家試験を受ける日々を過ごしている。ドイツでは、約半年をかけて実技（じつぎ）と口頭試問の国家試験を受けるが、私は一般的なドイツ人よりも十年位は遅れて出発している。だから、試験に合格して歯科医になって六十歳まで働くとしても、私には三十年もない。六十歳までの職業人生をどう過ごしてゆくべきか、ドイツ人ではない私にとって、ここにその環境が整っているのか。一方、日本に帰る方法があるのだろうか。

そう思って、悶々（もんもん）とした日々を過ごしてきた。

それなのに、「午後五時以降はこの部屋は閉めるから。あなたも帰るべき」なんて。

先程、「がんばっているね。お茶にしませんか」と、ニコニコしてコーヒーを入れてくれた人なのに。

この国では、いいことであれ、悪いことであれ、他人のことに干渉する。自分の生き方が一番いいとおもっているドイツ人に囲まれて、私は、現在置かれている状況に当惑している。外では、長い冬が明けて明るい春がやってきたというのに、気持ちが晴れない。木々の緑が眩(まぶ)しすぎる。

女性でも経済的に自立出来る力を付けなければならない。一人っ子の私は幼年期からそう考えて育った。大学を卒業して研究職にやっとたどり着いたのだが、その私の考えは当時の日本では、いや日本人の間には受け入れられなかった。

しかし、二十七歳で思いがけない出会いがあった。外資系の製薬会社B社の日本にある研究所で、冷たい視線を浴びつつ歯を食いしばっている私に、ドイツ人の社長から、「二年間、日本を離れてドイツの本社で働いてみませんか」という提案があったのだ。私は、父の反対を受けながらも、未知の生き方を求めて日本を離れた。この時が私の新しいスタートであった。

ドイツのインゲルハイムにあるB本社で、新薬の開発に必要な毒性試験を行う部署に配属されて、

「この机を使ってください」

「はい、頑張ります」と言った矢先、つまり、半月も経たないうちに、研究所の元上司の日本人の所長から、「帰国しても受け入れることはできないよ」、という手紙がきた。

製薬会社の研究員として研修を始めたところだったので、日本に帰って仕事場がないと言われても……。

二年後に帰国して、新しい研究室を立ち上げるはずであった。この計画はドイツでは認められても、母国では無視されている、帰る場所がない、この寂しさはなんだろう。私の心が泣いた。

パートナーとなったアルフレッドとの新しい生活を想像してみた。ドイツ語が少しずつ理解できるようになったと言っても、不安と希望が錯綜（さくそう）してくる。

ともかくも、職場を確保しながら医学を勉強しようか。

ちょうどフレックスタイムが導入されたところなので、半日勤務に切り替えて、大学の医学部に通うことにしよう。経済的に大丈夫だろうか。学業が全うできるかどうかの自信

はない。異郷での将来の生活設計がまだ確定していない。未来は未知数。まあ、何とかなるだろう。一歩、進んでみよう。

♬
雨が降り、テルテル坊主が泣いても
私たちは泣かないで、山を見つめる
山の子は　山の子は、みんな強いぞ

これは、「山の子の歌」の二番の歌詞で、山登りをしていた頃に、つらい登りにさしかかるとよく口ずさんでいた。

次の年の春にマインツ大学（グーテンベルク大学の通称）に入学した。この私の決断については、同僚からいろいろな箴言（しんげん）があった。それでも、一握りの支持者に背中を押されて、「雨が降り、テルテル坊主が泣いても」と、時にはこっそりと、時には大声で歌いながらここまで来た。

三十四歳になった今、約半年もかかる歯科医の国家試験の最終段階まで来ている。この間に、B社は退職していたから、歯科医になる以外は選択肢がない。

「あなた、この頃よく鼻歌を歌っているわね」。友人のリロに言われた。彼女は、一緒に試験勉強をする仲間だ。

その歌は、一九六八年ごろにジョーン・バエズが歌っているのを、日本にいた時にすでによく聞いていた。ウクライナ民謡をもとに、アメリカ人のピート・シーガーが一九五五年に作詞、作曲した曲で、日本でも「花はどこへ行った」という歌詞がついて流行っていた。ピート自身、ドイツ語の歌詞が一番いいと言っていたというが、日本では歌が得意でなかった私も、このドイツ語の歌を好きになった。

この歌は、本来反戦歌だ。マレーネ・ディートリヒがナチスに反抗して歌った歌としても有名である。しかし私にとっては、緊張や不安から逃れさせてくれる、そして自分に勇気を吹き込むための応援歌となっていた。

メロディーは私にも歌いやすく、しかも歌詞が反復するので覚えやすかった。そのため、無意識のうちに口ずさんでいたのだ。

これから、六十歳までの人生をどう構築してゆくべきか。その前に、外国人としてその資格を有効にするのはそうやさしいことではない。そのために何をするべきか。一方これで、日本に帰るチャンスができるわけでもないだろう。この異国で仕事場を得ても、私には一人で生きてゆく知恵と勇気があるだろうか。

カフェでコーヒーを飲みながら、「僕は故郷に帰って歯科医院を開業する」「大学に残って研究を続ける」「君はどうするの」と、友人たちは話している。そういう友人たちの計画を聞いている私にとって、この場は居心地が悪い。私の心の中に不安が蓄積してくる。不快な緊張が高まってくる。国家試験の途中結果が順次わかってくるにつれて、何かとモヤモヤして過ごすことが多くなった。

一方で、このドイツ語の歌を歌うことによって気持ちがやわらぎ、私を肯定する自分がいた。

その後、歯科医となってマインツ大学の病院の医局に入局。

そして、一九八二年に母の待つ日本へ帰国した。父は数年前に亡くなっていたので、今は母が一人で暮らしていた。

あの時こうしていれば良かったかも。こんな決断があったかも。どんな人生にもいろいろな側面がある。自分の決断は正しかったのだろうか。

あの人に出会って、ずいぶんと力を貰ったなあ、あの人と出会ったから頑張れたなあ。一方で、あの人と出会ったから、心の中にトラウマが残ったなあ、フラストレーションがたまったなあ、と思い出すが。

そんな時はよく、この「花はどこへ行った」という応援歌を歌って自分を鼓舞していたように思う。

現在の私は、六十歳のターニングポイントを通過して七十五歳を超えた。まあ、時々は旅行にも行くし、趣味に時間を忘れることもある。ジェノヴァに別荘を探すというところまではいかないが、自分の時間を大切に生きる気持ちの余裕もできた。コロナに揺れる現実にも向き合って、街角を通り過ぎる風も心地よいと感じている。

あの頃、六十歳までの人生、七十歳を超える人生の設計図をどのように描いていたのだろう。そもそも、その後に日本に帰ってきたことが最良の選択だったのだろうか。ドイツにいればどんな人生になっていたのだろうか。誰と一緒の人生を送ったのだろうか。

今は肩の力をぬいて、懐かしく思い出される私の応援歌を、ちょっと口ずさんでみようかな。そしてまた、新しいスタートボタンを押してみようかな。

秋元康氏の『川の流れのように』という詞は、私の乾いた芝生の庭に水をまいてくれた。

そうだ、穏やかな余生が送れるように、青いせせらぎを聞きながら、急がずに生きてみよう。水を得た芝生は植物にとっては天国である。そして、私の天国は私の心の中にあるのだから。

二〇二〇年　十月

注　ジェノヴァはイタリアの保養地

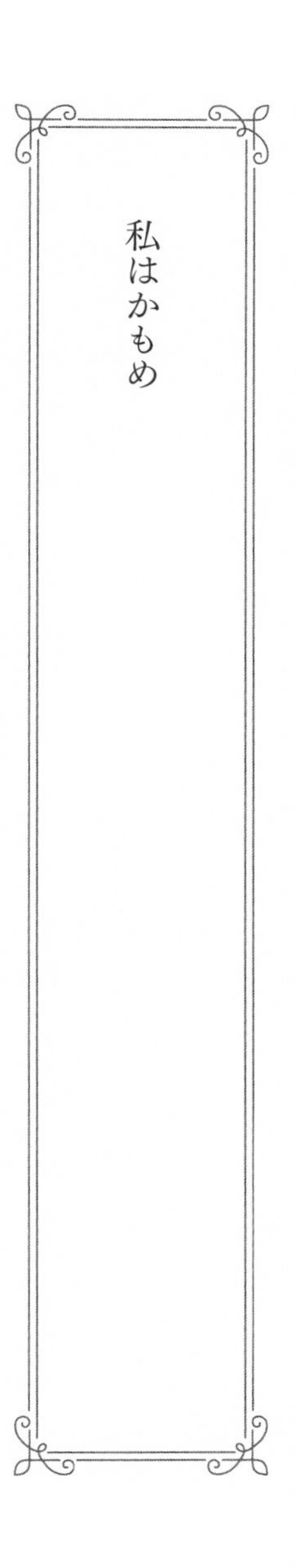

私はかもめ

池田勇人内閣が人づくり政策、所得倍増計画などを打ち出したのは、一九六二年。その後、高度経済成長期の豊かな経済発展を背景に、夫と子供と一緒にマイカーに目を輝かすような専業主婦が急増し、子供にピアノを習わせることが流行った。

その頃の日本では、妻は仕事を持つなかれという風潮があった。そこに、池田勇人の「母親は家庭に帰れ」というスローガンだ。

その時、私は十八歳。

京都工芸繊維大学の最終学年を迎えて、これからの生き方を真剣に考える日々であったから。女は仕事を持つなかれとは、ショックだった。

その昔、古代から日本には多くの職業婦人がいたではないか。卑弥呼や持統天皇も女性であったし、清少納言や紫式部も執筆家として活躍していた。さらに鎌倉幕府においては、北条政子が実権を握って政治を行っていた。

女の生き方……。そこまで高望みしないとしても、大学で学んだものが社会的に還元(かんげん)されないこの社会風潮は、私には到底受け入れがたいものであった。

そんな時、一九六三年六月に、ソビエト連邦のボストーク六号に乗った初めての女性宇宙飛行士、テレシコワが「チャイカ」と宇宙から地上に送信してきた。

「私はかもめ」

この言葉は、単に交信の呼びかけだったというが、私にはとても印象に残った。

かもめは、大量にやって来ると海が荒れる、津波がくる前兆として恐れられたりもするが、ニシンやイワシの大群の上を円を描いて飛び交って、大漁をもたらすとも言われる、海原を飛び回る白い美しい鳥である。

せぐろかもめは、夢見る新たな道を切り開く開拓者。ゆりかもめは一生懸命に働く社交家、そんな言い伝えがあるそうだが、一方、渡り鳥であるがゆえに、流浪(るろう)する魂を持ち、自由で開放的に活動したいけれども出来ないという鳥であるとも言われている。

ドイツ生活も六年が過ぎた頃、テレビで「かもめ」を観た。

アントン・チェーホフが一八九五年に執筆した、女優志願の十八歳のニーナと若い青年トレープレフの、インテリゲンチヤの愛憎・苦悩をえがいた戯曲（ぎきょく）である。

廃園をイメージしたガランとした空間の中に、四角い平たい台が置かれただけの舞台装置であった。その台に登ったり、降りたりするだけの動きの少ない演出は衝撃的だった。台詞（せりふ）が多くて、とてもじゃあないけれども内容がすべてわかったとは言えない。トレープレフが何度も自殺未遂をすることにも違和感が残った。

ニーナが自由を求めて飛翔（ひしょう）できるのかというところに、私はのめり込んで行った。

夢を持って新たな道を切り開くかもめ、しかし現実では女優として落ちぶれていて、自由に飛び回れないかもめであり、夢が実現していないことを示す「私はかもめ、いや女優」という、仮定法（かていほう）を使った表現の台詞に心が揺さぶられた。

この戯曲の中のトレープレフは拳銃自殺をするのだが、その少し前の『アンナ・カレーニナ』という帝政ロシアを代表する長編小説の中で、作家レフ・トルストイは、不倫という行為に走った挙句に、その破局に絶望した主人公アンナに、列車に身を投げるという鉄道自殺をさせている。

一九三六年に制作された映画の中で、ヴィヴィアン・リーが演じたアンナは言う。

「愛しいアレクセイを追いかけて、懲らしめればいい」

けれども、

「彼はもう戻らないのね。自由が欲しいのね……」

ガラスのようなハートの持ち主のヴィヴィアン・リーは、名誉を重んじる夫との確執と、愛する青年アレクセイとの別離に、最終的には自分の居場所を失っていくアンナとなって、迫ってくる雪を被った蒸気機関車に身を投げたのだ。カメラは死にゆくアンナの最後を映し出した。心が凍りついた。

人間は、いや女は、夢を持って新たな道を切り開く「かもめ」には、なかなかなれないものらしい。

「亭主関白って言葉をどう思う?」

Yさんが私に話しかけてきた。

さだまさしが関白宣言をタイトルに掲げた歌をヒットさせたのは、十数年後の一九七九年。ウーマンリブ運動が起こって、女性の地位向上が高まったのはもう少し後のことなので、この時の彼の質問はとても唐突に思えた。

彼は亭主関白に憧れていたのだろうか。

私達はその時、彼のマイカーで京都の比叡山ドライブウェイを走っていた。彼は成績優秀な同級生で、京都人らしいクールな男性であった。

それで一度、私は彼の家に招待されたことがあった。

「父がよろしくと言っていたよ。母も、いい人だねと言っていた」

「そう、楽しかったわ」

そんな会話をしているうちに、

「そもそも円満の秘訣は、夫が妻を理解してはじめて成り立つよね」

「えー」

「何かに一生懸命に取り組む女性は素敵だよ。支えになりたいと思うよ」

そして、

「君のように自分を持っている人は素敵だよ。一緒にいて楽しいよ。いつも傍にいてくれないかな」

私は、この成り行きに驚いた。彼は、私にどんな答えを求めているのだろう。あの「亭主関白って、どう思う?」に対して、私からどんな答えを待っていたのだろう。

この時、オーディオのクラシック音楽が途切れて、カチッと切り替わったかと思ったとたん、ラジオの音が鳴った。

「おらは死んじまっただー、おらは死んじまっただー。天国に行っただー」

甲高い声で歌う、ザ・フォーク・クルセイダースの『帰ってきたヨッパライ』であった。早回しのテープと奇想天外（きそうてんがい）の歌詞で、その時の私は救われた。二人共、笑ってしまった。そして、先ほどの話題は忘れていった。

「Yくんは、去年の冬に亡くなったよ」と、ドイツから久しぶりに帰国した私に知らせがあった。私は三十五歳になっていた。

「山陰本線（さんいんほんせん）の線路に飛び込んだそうだ」

「……」。声にならなかった。

彼とは、数年前に私が日本に帰った時、東京で逢っている。彼は結婚をしていて、東京で仕事をしているということだった。六本木のロシアレストランで、二人でバラライカを聴きながら食事をした。

「彼女は、素晴らしい女性になったんだ。結婚した時は高校を出たばかりで初々しかったけれどネー。理想の妻に育っているんだよ」

おのろけなのか。

「今、彼女はフランスへちょっと行っているんだ。二年前からフランス語を習い始めて、すっかり上達しているよ」

そんな会話をした。

そんな彼が……、そんなYさんが、鉄道自殺をしたなんて。

「奥さんは、フランス人の先生についてフランスへ行ってしまった。なかなか帰ってこなかった。Yくんは自己の平衡を失って鬱状態になり、生きることを停止させてしまったんだ」

「理想の奥さんだったのに！」

「そうなんだ。俺にもそう言っていたけどなあ」


そもそも、理想の女性、理想の妻とは。

家事ができて、育児ができる、控えめで家庭を守る貞淑な妻。しかし一方で、近代的な教養を持って、社交的で、知識の習得だけではなく身体を通して身についた嗜みを持っている妻。

女性を自分の色に染めたい、自分好みの妻にしたいという男性心理は、「彼女を一番理解しているのは自分だけ」と言いつつも、時に哀しいかな、極端に独占欲ともいえる心理が働くこともあるらしい。

世間知らずな、無垢な女性に自分の知識を教え、成熟した女に育てたいという心理。これは、平安時代の源氏物語で語られる、光源氏の考え方に類似している。

光源氏が、京都の北山の庵で十歳の女の子を見つけて、彼女を理想の女性として育てて、後に紫の上として妻に迎えたという話。理想の妻とは、知性、才芸に優れたというだけではなく、性格が穏やかで、何よりも常に自分に目線を合わせてくれる人なのである。

Yさんは、なぜ死を選んだのか。何故、鉄道自殺なのか。正面から迫ってくる列車に飛び込んでいく勇気って何なのだろう。

情念、奥さんが自分の手を離れて他の人に走ったという、抑えがたい愛憎の感情はあったと思う。しかし、ただそれだけではないと思った。

彼は、奥さんの良き理解者のつもりであった。そもそも彼は、何かに一生懸命に取り組む女性は素敵だよと思う人だったはずだ。しかし、理想の女性として育てたはずの妻が、自分から離れていく。そんな妻に育てたはずはない。

恐らく彼のプライドが、妻を追いかけて行くことを許さなかったのだろう。妥協が許せない完ぺき主義者でもあったのだろう。繊細なひとだから、命まで投げだしたいと思うほど、自己の平衡(へいこう)を失ったのだろう。

迫ってくる雪を被った蒸気機関車に身を投げた、ヴィヴィアン・リーが目に浮かんだ。なんと、虚しい、重苦しい気持ちなのだろう。


二〇二〇年になり、私は喜寿(きじゅ)を迎える年齢になった。

今朝、飼い犬のルルの散歩で近所の坂川を通りかかると、子供が、「おかあさん、鳥だよ。かわいい。ほらほら」と指さしていた。

見ると、輝くような灰黒色の身体に白い嘴(くちばし)を持つ鳥、オオバンが頭を前後に振りながら泳いでいた。キュイッ　キュイッと鳴いて、カモのグループと仲良く泳いでいる。水に頭を突っ込んで水草を食べていたが、そこへカモがつがいでやってきて、そのエサを横取りした。それでも怒るようなことはなく、オオバンは平気で泳いでいる。

仲がいい。平和を感じた一瞬であった。

そうそう、オオバンは幸せを運ぶ鳥といわれている渡り鳥なのだ。

私は今まで、いろいろな「ひとの死」に出合った。しかしどれも、あの寂しさ、虚しさにはおよばない。

この年になるまで、苦しいこともあったけれども、職業婦人としてそれなりに自由に生きることが出来た。

最後に、「私はかもめ」ではなく、「私はオオバン」と言い残して天国へ行きたいなあ。

二〇二〇年　二月

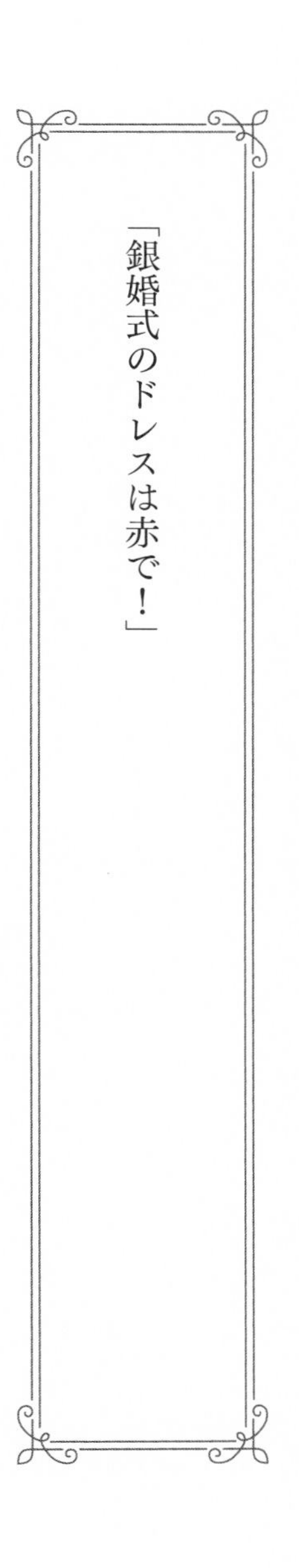

「銀婚式のドレスは赤で！」

二〇〇七年五月、清々しい晴天であった。二人で日光へでも行ってみようと、日本に帰国してから結婚した、十二歳年長の夫の一郎が提案した。

私達の住む千葉県松戸市から宇都宮を通って日光方面に向かって国道一一九号線を走ると、国道に並行して旧日光街道があらわれた。杉並木というより森の中を行くような静けさがある。風によってゆらゆら揺れる木漏れ日を感じながら、数十キロの心地よいドライブが続いた。

歩行補助車を使用している一郎でも入れそうな料理屋があったので、ちょっと早めの昼食を取った。

「キャサリン・ヘプバーンとヘンリー・フォンダがしっとりとした味をだしていたわね」

『黄昏』という映画の話になった。一九八一年の作品で、ヘンリー・フォンダはこの時七十六歳。ノーマンという八十歳の人生の黄昏を迎えた老人を演じていた。老夫婦と娘チェルシーとの確執、心のわだかまりが、彼女の婚約者の連れ子のビリーとのやり取りを通して、次第に解けていったという内容であった。夕日を浴びて輝く湖面や水鳥のシルエット、風によって木の葉が作り出す光と影のゆらぎなど、この映画の題名「On Golden Pond」から彷彿とさせる自然描写が美しかった。

「あなたと同じ年齢よね。七十六歳」

「今年は二十五年目。だね」

「十月が結婚記念日ですよ。銀婚式!」

夫婦の相性は人それぞれ。夫が現役の頃の私達は同じ目的を持ったパートナーであった。ぶつかり合いながらも、波風を一緒に乗り越えてきた二人。

私はまだ仕事が中心の生活だけれど、これからも絆を深めて、あと十年、いや百歳までは一緒にいようね、とか、食事をしながら話がはずんだ。

日光に行っても、東照宮は坂や階段が多くて歩けないから、鬼怒川温泉に行きましょうか、ということになり、今市から一二一号線を北上した。

国道沿いに「お菓子の城」という看板のある可愛い建物が見えたので、頻尿症の一郎のためにトイレ休憩をとった。私はそこでお土産に塩羊羹などを買って待ち時間をつぶしていたが、トイレから一郎がなかなか出てこない。迎えにいくと、疲れたといって座り込んでいる。顔色も良くないので、病院へ行きましょうかと言ったが、「いいよ」と答えて立ち上がった。

「じゃあ、ゆっくり走りますから」と言って、そのまま車に乗って帰宅の途に就いた。

家に着いた頃には、一郎はいつものような元気に回復していた。

夕食を取りながらも、結婚記念日の話題が続いた。

「十五周年は水晶婚というのよね。ちょうどあなたの退官祝いだったので、私は黒留そでを新調したわ」

「二十周年の年は、私の母が亡くなったのでお祝いどころではなかった気がする」

こんな話をしながら、早めに就寝した。

私達は、結婚式をあげていない。

一九八三年十月二十五日、小田急線の狛江駅から新宿駅に着いた頃、一郎が突然こう言った。

「これが狛江でとった戸籍謄本と、これが印鑑だから。ここからは一人で池袋へ行って、区役所で結婚届を出してください。これから会議があるから」

まだ、知り合って数カ月。とても夫婦という認識が固まっているとは言い難い。先日、車の中で申し込まれて、受けてはいたけれど。

「えー、池袋へは行ったことがありませんよ」

こんな具合だから、結婚式をしなかったのだ。

ドライブをして帰ったその夜。真夜中の二時頃であった。

一郎がトイレに立ったので、私は目が覚めた。そのまま帰って来るのを待っていても、なかなか足音が聞こえない。耳を研ぎ澄ましても物音がしない。

「大丈夫ですか？」

「大丈夫じゃあないよ」。弱々しい声が聞こえた。

その後、気配が途絶えた。

こうして脳出血(のうしゅっけつ)で倒れて、救急搬送(きゅうきゅうはんそう)してからの数日間は血圧が安定せず、意識障害が続いた。

一郎は糖尿病の既往からインスリン注射を続けており、神経障害や糖尿病性網膜症などの合併症が発症していた。すでに人工透析になっていて、脳梗塞や脳出血になる確率が高まっていたのだが、一郎は私に詳細を説明するのを避けていたのだ。

「大丈夫。自分のことは自分が一番よくわかっているから」と言うばかり。

数日して意識が回復した。

「ドライブをした日のことを覚えていますか？」と、私が尋ねると、

「うーん……、塩羊羹はもう食べたの？」

私との最初の会話が、塩羊羹のことだなんてびっくり。そして、安心した。いつもの一郎に戻ってきたと。

「夫が不憫になった」と、二人の立場の上下関係が逆転した瞬間であった。私は、仕事を少しセーブすることにした。

銀婚式や金婚式を祝う習慣は、ドイツではよく見られる。パーティーに何度か招待された。お祝いの形式やプレゼントは様々であるが、

「人生の辛苦を乗り越えて、いぶし銀のような輝きと美しさを放つご夫婦なので、これか

らも末永く連れ添ってください」というような言葉が添えられている。

いつか、私もこんなお祝いの言葉のシャワーを浴びてみたい！

「十月二十五日は私達の結婚記念日。銀婚式を祝うはずだったのに！」

病院は車で十五分の所にある。院長は一郎の後輩のH先生。母の介護の時から十年以上も来てくださっているヘルパーのKさん。こうした信頼関係が深い人達に囲まれて、右半身不全麻痺（みぎはんしんふぜんまひ）となって、寝たきり状態の一郎の介護がはじまったのである。

春になると、一郎は少し元気になった。ただし、リハビリは成功せず、寝たきりのままである。そして、午後から三時間くらいの一時帰宅が許されるようになった。介護タクシーに完全リクライニングチェアを乗せての帰還である。玄関までの数段の階段には傾斜板を設置したが、運転手とKさん、私の三人がかりで通過させなければならなかった。玄関には色とりどりの花を配し、リビングには一郎の好きな赤いバラを生けた。

「今度のイヌは黒いのか。クロちゃんか！」

と、私がクナ（我が家の新しいイヌ）を抱き上げて一郎に見せると一郎が呟いた。

「この奈良漬けは、日本橋の西利（にしり）のだから美味しいね」

「そうですね！」

実は、私が新松戸のスーパーで買ったものだけれど、優しいKさんがフォロー。

この調子ならば、来る十月に銀婚式の記念撮影が可能だと思えた。そこで、入り口から写真室へのアプローチに段差が少ない、新松戸の「フォトスタジオO」に予約を入れた。

その年の夏は長く感じられた。時々一郎が熱を出すからである。寝ている時間が多くなり、言葉も少なくなった。病室に飾っていた花瓶が、風で揺れたカーテンによって床に落ちて割れた。それを見て、私の気が滅入った。

「少なくとも、十月までは元気でいてくださいね」。心から願った。

無事に十月になり、私は衣装合わせに行くことになった。一郎には自前のモーニングを着せてもらうことにしたが、六十五歳の私は何を着ようか。

「銀婚式のドレスは、赤で！」

と一郎がびっくりするくらいにハッキリと、そして大声で叫んだ。


当日は、気持ちのいい秋晴れとなった。

Kさんと介護者二人の合計三人で、介護タクシーにリクライニングチェアを乗せて病院をゆっくりと出発した。それを見送った後で、私は急いで写真館に行ってドレスに着替えた。メイクや髪型のセットは断ったが、一郎の着替えやひざ掛け、背もたれなどの準備に忙しかった。

写真館の先生と呼ばれている技師の愛想はよくなかったが、写真の背景や私たちの立ち位置の設定に忙しく動き回っていた。

部屋は少し暗くしてあった。リクライニングチェアに背もたれクッションを数個使ってできるだけ身体を起こし、私が一郎の横に立って手で彼を抱きかかえるようにしてポーズを取る。柔らかいスポットライトの光を浴びながら、写真撮影がいよいよ始まった。

「シャッターを切りますから、その時は手を放してください」と、先生。

ピカッと明るくなって、カシャとシャッターの音がした。

「ああ、赤いドレスだね！」と一郎が言った。そして、

「ワイフが一人で立っている写真を撮ってもらいたい」と先生に申し出たのだ。

彼の視力はまだ残っている！　神様、ありがとうございます。

私は、白い大きなブーケを手に、幸せいっぱいに撮影してもらった。

二〇一二年二月五日、静かに一郎は逝った。七十九歳であった。

その年の五月、ひとりでハワイの島々を回る船旅をした。空気は何処までも爽やかで、海も青い。夜になると、月の光を受けて静かな海面が黒く光る。朝が明けてくると、船から見える島々の白いシルエットが、次第に色を帯び始める。こんな大自然に囲まれて、平和な気持ちになれた。

船内の宝石店で、ダイヤモンドをあしらったネックレスとイヤリングを買った。店員がお似合いですよ、と声をかけてきた時に、私は、

「主人が亡くなったので、その思い出に。赤いドレスに似合うでしょうか」

と答えていた。

二〇二〇年　十月

注　新松戸は千葉県松戸市にある町

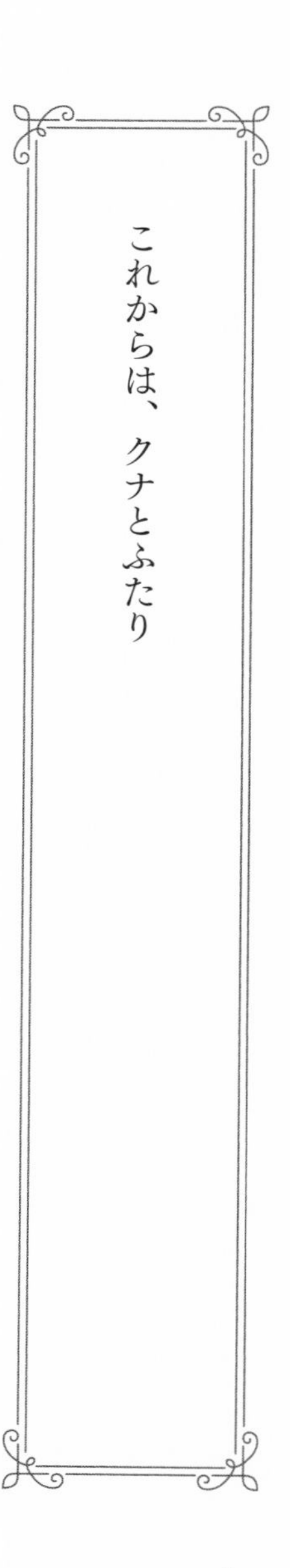

これからは、クナとふたり

二〇一二年十月二十六日、金曜日晴れ。青空。

朝五時、クナの「クウ」という声に起こされて階下におりた。クナはフラットコーテットとラブラドールレトリバーのミックスで、名前はクナウチという、ドイツ名前を持つ真っ黒な五歳のメス犬である。

クナの居る部屋のガラス戸を開けた。クナはもう元気よく走り回っている。

「今は二人っきりだよ、クナちゃん！」

そう言いながら、クナにエサ茶碗を差し出す。

うむ、眩暈(めまい)を感じない。良くなったのかな。昨夜は立って歩くときに眩暈を感じていたが、今はそーっと歩いてみても感じない。

頭は痛くないが、鏡をのぞくと目がむくんでいる。物が見えにくいのは老眼のせいか。

クナは、以前に飼っていたハッソウ（柴犬）が十七歳で亡くなってから、新しく我が家の一員になった犬である。

ハッソウが倒れたのは五年前、一郎が月曜日に脳出血で病院に担ぎ込まれた週の土曜日。すぐさま毛布の上に寝かせたものの、ほとんど動かない。

「えー、ハッソウ、あなたも倒れるの！　ちょっとここで待っててね！」

と言い残して、急いで一郎の病院に駆け付けた。

一郎は、目は覚ましていたが、まだ意識は朦朧としていた。

ハッソウの死を知らせたのは、一郎がすこし元気を取り戻した時。

「もう大丈夫だー、だって、ハッソウが代わりに死んでくれたから」

「すぐに新しい犬を飼いなさい」と、一郎が言った。

そこで、うちに来たのがクナなのである。

次の年、一郎は一時帰宅が許され、クナと初対面をした。

クナは私には元気に飛びつくけれども、寝たきり状態の一郎には静かに近づいて、ぺろぺろと彼の左手を舐めている。犬でも気を遣うのだなあ、と私は安心した。

命は取り留めたものの、一郎は半身不随になった。左手が少し動く程度で、あとはほとんど動かなくなっていった。

私は六十三歳、まだ大学に勤務していたので、ある意味で大変であった。彼の食事や排せつ、体位の移動など、私が週四日、ヘルパーのKさんが週三日、病院と自宅を往復しながら介護した。彼は自分の年齢に近いKさんをとても気に入っていたようで、「ありがとう、ありがとう」と言っては、頼りにしていた。

身体を自由に動かせず、食べることも飲むことも不自由になっているにもかかわらず、一郎はいつも笑顔を見せるようになっていった。

小さく刻んだ流動食と栄養補助食品になっていたものの、経口摂取（けいこうせっしゅ）が可能で、私が持っていくお刺身や煮物も美味しそうに口に入れて楽しんでいた。

「アルブミン値もあがりませんので、覚悟をしておいてください」と言われ、次第に全臓器不全の状態になっていることは知らされていたが、私には現実感が薄かった。


二月四日も、いつもの土曜日であった。

ピンク色の造花のバラのリースを作って、一郎の元へ持っていった。

彼はもう視力を全く失っていたが、私は壁に自分たちの写真を掛け、テーブルに生花や自作の小物を飾っていた。

「バラを持ってきました」と言うと、

「何色のバラ？　赤なの？」と一郎が聞いてきた。

「いいえ、今日のはピンクよ。じゃあ、明日に赤いバラを持ってきますね」

「やっぱり、バラは赤がいいよ！」

震える左手で、夕食も普段どおりに食べた。しかも、持参した魚の煮つけも喜んで。

「流動食は飽きたからね」と言いながら。

実際その日、私は一郎の死の予感など、微塵（みじん）も感じていなかったのである。その夜、というか真夜中の二時に、病院から電話が掛ってくるまで。

駆けつけた病院のベッドには、もう自発呼吸をしていない一郎が横たわっていた。

「ご主人の意向どおりに、延命処置はしないでよろしいですか？」と主治医。

「はい、私は覚悟しております」

次第に、彼の心臓が止まっていった。彼は、何時ものように寝ているようだった。

二〇一二年の二月五日、午前二時過ぎに静かに息を引きとった。

私は、そっと胸をなで下ろした。

「あなた！　やっと、楽になったわね。五年の闘病生活は長かったものね」

「私は大丈夫よ、クナがいてくれるから」


その日の夜、Kさんと一緒に、忙しく一郎の葬儀の準備をしていた。

その時、呼び鈴がなって速達がきた。ドイツのクルップ夫人・ユタからであった。

「主人のハンス・クルップが亡くなって、埋葬しました。生前の……」

私は、もう読めなくなった。

「どうして、いっぺんに二人とも逝ってしまったの」

日本に帰国してからの三十年間、一郎は夫であり、同志であった。ハンスは私の父親のような存在で、ドイツにいた頃の十年間、そしてその後の三十年間、ずーっと親密な関係を保ってきた。私は、この二人に支えられてきたのだ。

電話機に飛びついて、受話器を手に叫んだ。

「今朝、一郎も逝ってしまったわ！」

「ハンスは病気だったの、知らなかったわ」と、私が尋ねると、

「そう、ひと月前から入院していた」とユタ。

「ハンスは、長い介護生活をしているあなたがかわいそうといつも言っていたから、もういいだろう、一緒に逝(い)こうよと一郎を誘ったのかしら」

「きっと、そうに違いないわ」

涙がとめどなく流れた。声を出して泣いた。

クナが私に同調して、クウクウと鳴いている。外では、二月の冷たい木枯らしが吹いていたが、教え子からのカードが付いた花が配達されてきた。

部屋いっぱいに花を飾り付け、「寂しい思いをしませんように」と祈った。

そして、花屋に赤いバラの花束を注文した。

一郎の死から八カ月。秋になった。私は六十八歳。

時々、手指にしびれがあるのは何故か、とくに右だけに限局している。いつも睡眠中に気がついて目が覚めるのだ。手を振ったり、曲げ伸ばしをすると症状が和らぐ。

昔からの方法であるとはいえ、添え木をあてて、関節を伸ばして寝るとなぜかしびれがおこらない。手根管症候群(しゅこんかんしょうこうぐん)がおそらく正解な病名なのだろう。加齢現象の表れかな。

ともかくも、今朝は昨夜の眩暈(めまい)がない。幸いなことに、指のしびれも頭痛も感じない。

朝の五時、クナに食事を与え、排便を待って、庭に下りて掃除をしても眩暈はない。

十分に睡眠をとることが治療法と心得て、もう一度ベッドにもぐり込んだ。

夢を見た。ドイツにいるような、生まれ故郷の大阪郊外の箕面(みのお)にいるような。

歯科の診療室にいる夢を見たが、治療をする患者がどこにいるのかわからず探していた。その後も、何かを探して不安になっている私。冷汗がでる。

しかも、その状態を俯瞰(ふかん)している自分がいた。

一郎らしき人がいるのに、お父さんと呼びかけている。おかしい。

いつものことながら、変な夢。

七時。目が覚めた。日の光が明るい。今日は、一日が快調に始まる気配がする。妙に身体が軽い。朝食を取るために階下へ降りた。

『置かれた場所で咲きなさい』(幻冬舎2017年)

渡辺和子というカトリック修道女の、この年に出版された本のタイトルに目が留まった。

黄色いたんぽぽが道端のコンクリートの割れ目に咲いているのをみて、こんなにも狭いところに根を下ろすなんて、生命力が強いなあと感心していたからである。

風が、たんぽぽの実から白い毛をつけた種子を飛ばして、ここに運んできたのであろう。

いや、どんなところでもたんぽぽは地中深く根を伸ばし、栄養を得て生き延びているのだ。こんな荒涼とした環境下でも、花を咲かせている。

日本を追われるように飛び出した私が、ドイツで見つけた居場所。

初めは、何もかもが手探り状態であった。そこで、出会ったのがハンスである。ただ、「そうか、そうか」と相槌を打って、父親のように後ろから支えてくれただけかもしれない、コンクリートの割れ目にやっと根を下ろした私を。

ドイツという異文化の中では、ふたを開けないと中身は見えない。恐る恐るふたを開け、そこで自分の居場所を見つけた。いろいろな人の助けを受けながら、次第に根を張ることができたのだ。

そして十年後、今度は自分の意思で日本に帰ってきた。

渡辺和子の「置かれた場所で咲きなさい」という言葉には、もっと重い意味があるかもしれないが、自分の居場所を受け入れ、そこに順応した生き方をしなさい、そこに幸せが見つかるでしょうと、私に言っているように思える。

自分の置かれた場所はここだった、出会う人はこの人たちだった、と肯定的に思えるようになったのは、つい最近であるような気もするが。

何とか根を張ることができて、たんぽぽの花を咲かせているだろうか。いやこの先、大輪の菊になれるだろうか。自分は、与えられた場所で生き切ることができるだろうか。

私が小さい頃、母は父の看病をしていた。しかし、母から愚痴を聞いたことはなかった。だからかもしれないが、夫の一郎が倒れた時に、そして半身不随になった時に、すんなりと受け入れることができた。むしろ今から思えば、二人の距離が近づいたのだと嬉しかったようにも思える。

不安いっぱいで帰国した私が、偶然あるいは必然的に彼、一郎に見出された。一緒に繋がっていようと思える人と出会った。

二人で同じ仕事に邁進していた時があった。そして、私が彼を介護した五年があった。ここが、私の置かれた場所、与えられた機会であり、与えられた人であったのだと、一人になって、時間を経た今になって、確信できるようになった。

それが、ヒトであっても、たとえイヌであっても。

これからは、クナとふたり。

今日は生ごみの日、ごみ袋の外側になめくじが一匹。動かない。ナメクジが活発な晩秋。なめくじは好きにはなれないが、季節感を感じさせてくれる生き物で、今日の気持ちをほっこりさせてくれた。

クナは、朝ご飯が終わって安心したように、前足を重ねた乙女のような姿勢で伏せている。

「クナちゃん、これからもよろしくね」

二〇二一年五月三十日、日曜日晴れ。あれから九年。

そのクナが、先月の六日に倒れ、その後に歩行困難になった。

今では、後ろの脚が萎(な)え、それをかばうので背骨も曲がってきた。それでも、小便をするために、足を引きずってトイレのある庭に出て行く。私は、彼女のために部屋から庭に降りるスロープを作り、エサの食べ台も工夫した。介護用の補助ベルトも買った。

十四歳の老犬だから、もう治療の方法はないと獣医に宣言されて、今はモルヒネ系の痛み止めが処方されているだけ。

毎朝、クナが五時に起きる生活、夜十時に寝る生活を、私は応援している。

が、哀れ。トイレに行くために庭に出て、その後にスロープを登って部屋に帰る元気がない時は、雨が降る庭にうずくまっていることがある。


今は、クナとふたり。

「あなたの居場所はここよ。私の傍(そば)よ」

あなたは老犬、私は老女。お互いにいたわりあって生きようね。

「クナちゃん、私はこれから仕事に行くよ。雨が降ったら、頑張らなくてもいいよ」

クナと私との距離が近づいたように感じている。

「あなたは、私に与えられたヒト、いやイヌなのだから」

二〇二一年　六月

注　箕面市は大阪府北部にある町

ルル　あなたへ

ルルちゃん、私はクナ。

本当の名前はクナウチ、ニックネームはクナなのに、真っ黒な犬なのでみんなにクーちゃんとも呼ばれていたわ。血統書付きの黒ラブとして売られていたらしいのだけれど、大きくなるにつれてフラットコーテットレトリバーとのミックスだとわかったの。それでペットショップの奥まった所のテーブルに繋がれていたところを、私と目が合った六十四歳のMさんに買われてこの家に来たのよ。

二〇〇七年、この家の主人の一郎さんが脳出血で倒れて病院に担ぎ込まれたすぐ後に、先住犬のハッソウさんが天寿を全うしたの。

一週間ほどして目を覚ました一郎さんが、家に一人きりになったMさんを案じて、「早く犬を飼いなさい」と忠告したらしいのよ。

一郎さんが五年後に亡くなってからは、Mさんとふたり。広島や日本海、富士山や三保の松原に一緒に行って楽しい時間を過ごしたのだけれど、とうとう今年、二〇二一年七月二十五日に、私は十四歳で天国に召されたの。


クナさん、初めまして。ルルです。

二〇二一年八月八日に、知り合いのブリーダーさんの所から来たの。

私はちょうど四歳になったばかりのちょっと小型のゴールデンレトリバー。私はすぐにMさんに気に入られたのよ。

私が褐色の大きな瞳で上目遣いをした時、魅了されずにいるなんてハッキリ言って不可能ですものねー。

ルル（Lulu）は、ドイツ語のルイーゼのニックネームで大切なという意味、アメリカでは魅力的な女性を指す言葉のようだけれども、私はむしろ小さくて憎めないお嬢さんってところかな。

「可愛いー」とだれかれとなく言うので、Mさんはいつも嬉しそうにしているわ。それに、頭のてっぺんにオバキュー並みの毛束があって、愛嬌があるし。

「愛情を持って大事にしてあげるわ」と、Mさんは私のことをルルと名づけたそうよ。クナさんには、柔らかくてくにゃくにゃという意味のクナウチと名づけたと聞いたわ。

この家のMさんは、今年の九月に七十七歳になって、友人たちと箱根の温泉で喜寿のお祝いをするというからもう立派な老女なのに、本人にその自覚は無いらしいのよ。

私は、この家の日当たりのいい部屋を使わせてもらっているの。そう、ここはクナさんが暮らしていた所ですよね。二〇一二年に一郎さんが亡くなるまでの五年間、クナさんは一郎さんの介護をしているMさんを支える存在だったんでしょう。

ケージはクナさんのものを使わせてもらっていますが、Mさんは十一月に入って、部屋の壁を塗り替え、床を張り替えてステキな絨毯をしき、テーブルの上にはステンドグラスのランプも置いて、いい雰囲気にしてくれました。クナさんの思い出を超えて新しい環境を整えて、私と再出発をしようとしているようです。


ルルちゃん。

私はルルちゃんがこの家に来てくれたことに感謝しています。

ヨーロッパでは、コウノトリが布に包んだ子供を嘴(くちばし)でくわえて運んでくるそうね。だから白人の子供の中には、コウノトリの噛み跡といわれる黒い痣が首の後ろにある子もいるんですって。三歳位の頃には自然に消えるらしいけれどね。あなたのオバキューの特徴はコウノトリの噛み跡かもしれませんね。うふふ。

何時も元気なMさんが、十一月二十日に胸が締め付けられて息ができないという症状がでて、狭心症と診断され、松戸市の病院でステント手術を受けることになって、残念ながら箱根旅行を断念したのだとか。

左の手首からカテーテルを挿入して、心臓の左冠動脈に到達させてステントを入れる手術らしいけれども、手術台の上ではオペの進行状況がわからず、いろいろと推測してしまい、このまま人生が終わってしまったら、などと考え込んでしまったそうよ。

翌日、朝日が輝いて、もやの中に筑波山が見え、雲ひとつない青空の下、窓の外にネギやダイコン畑で作業をする人々が見えた時には、Mさんの顔が穏やかになってきたわ。今はもう、元気になっているようです。

私は、今年の夏の初めの頃から腰に大きな腫瘍ができて歩けなくなり、次第に体力が落ちて寝込んでしまったの。Mさんは、どうしてもっと早く気が付いてあげなかったのだろうと、自分を責めていたわ。それで、後ろ足を引きずる私のためにスロープを作ってくれたり、ベッドを作って周りにパラソルを立ててリゾート気分に盛り上げてくれたりしたわ。とうとう水を飲むことも出来なくなって、いよいよ臨終という時には、添い寝をしていたMさんはウトウトしてしまっていた。だから、私は「もういいよ、ありがとう」と言いながら、静かに目を閉じて旅立ったのよ。

クナさん。

そうだったんですか。

クナさんが好きだった流山市の運動公園。Mさんは、車で十五分をかけて私を毎朝連れて行ってくれますよ。夕方はこの辺りをぐるりと散歩するの。

散歩中に私が時々立ち止まって座り込むと、「どうしたの?」と、Mさんが聞いてくる。私は何かを訴えるような眼をするわ。右に行きたいとか、この子と遊びたいとか、とかく私は気ままな女の子なのよ。クナさん、あなたは優等生でMさんの言うことをよく理解していたようだけれど、私は……。

ルルちゃん。

あまりMさんを困らせないでね。

昨日、Mさんは世田谷美術館でグランマ　モーゼスの絵を見てきたそうよ。グランマモーゼスは一八六〇年生まれのアメリカ人。六十歳くらいから、その時代のアメリカの田舎生活を俯瞰的に写し取った絵をたくさん描いていたのよ。例えば、結婚式とか、そう、チーズ作りの様子とかね。ともかく、そこにいる人びとに愛情を持って寄り添っていたことがよくわかるの。身近な景色の中に、そこに生きる人びとの気配を感じるわ。

Mさんは、彼女が百歳までも絵を描き続けたことにしきりに感動して、「私のお手本」といっていたわ。

ルルちゃん、Mさんのことをお願いね。

歯周病という病気が、認知症や心臓の病気などに関係が深いことを知っているから、Mさんは専門医としてできる限り長く患者さんに寄り添って生きていきたいと言っているでしょう。

病気の人がいる限り、何とか頑張るぞって言っているからね。

そのためには、ルルちゃん。あなたの応援が必要よ。

Mさんは、モーゼスおばあさんを見習って、百歳まで生きるつもりらしいからね。

注　筑波山は茨城県西部にある山

二〇二一年　十二月

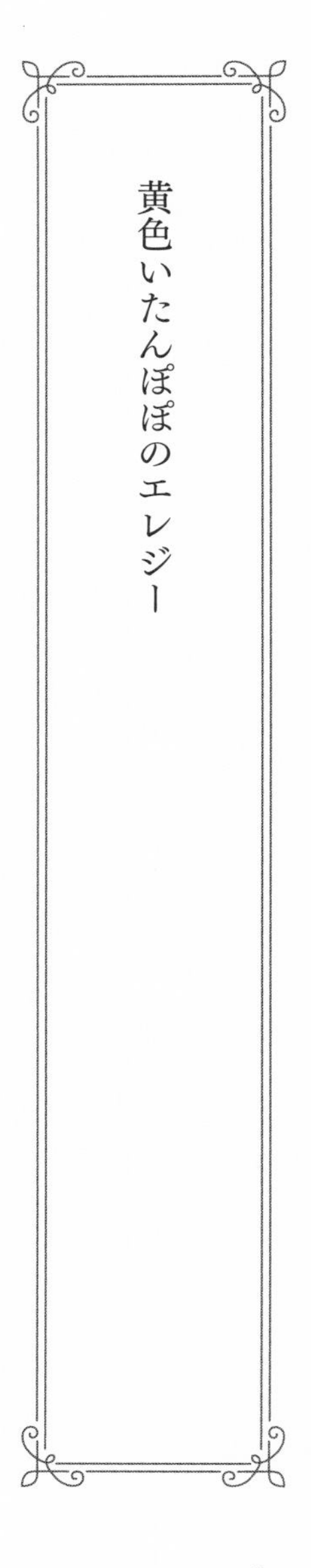

黄色いたんぽぽのエレジー

南ドイツの村では、五月になると広場に高さ十五メートルのトウヒの木が立てられる。枝を落として皮を剥いだ美しい白い木の先端に若葉を付けた枝を結び付け、リボンなどを飾りつけたマイバウム（五月の木）である。そのマイバウムを囲んで、若者が着飾って踊りまわる。

その広場の草むらに「ライオンの歯」という黄色い花を見たのは、私が西ドイツに来て初めての春、二十代後半の時。日本の我が家の狭い庭にも、戦後に父が所有していた大きな畑にも、春になると同じような黄色い花が咲いていたのを思い出した。異国で心細くなっていた私はどこか郷愁（きょうしゅう）を覚え、ホッと落ち着いたのを憶えている。ライオンの歯とは、英語でダンデライオン、ドイツ語でレーベンツァーンで、たんぽぽのことである。

♫ 野原がつけた黄色のボタン　ちょうちょが休むかわいいおイス

こんな歌もあるように、たんぽぽは子供にとっていつも身近に咲く花であった。たんぽぽの名前の発音からは、心が弾むようなリズムを感じる。春を知らせる明るい黄色に、顔が自然にほころんでほっこりとした。太陽のように明るく咲いて春を知らせてくれるたんぽぽには、暖色の黄色がピッタリである。

たんぽぽは、根の際からギザギザの葉を放射状に広げ、花茎の上に菊の花に似た黄色の花を咲かせる。つまり、小さい花びらが茎の先端にかたまって開く頭花である。一まいの花びらのように見える花弁は、じつは五枚が合わさった舌状花で、その花の下には実になる子房があって、その上に冠毛が生えている。花が終わる六月頃に空気が乾燥すると、冠毛が放射状に開いて真っ白な綿毛になる。風に乗って空に舞い上がって、種を遠くに運んで広範囲に発芽する。たんぽぽの綿毛がフワフワと飛ぶ様子は愛らしく、幻想的である。

綿毛を上手に吹き飛ばすことができれば、恋が成就するといわれているから、花言葉は幸せだと言われる。その一方で、綿が飛んで行ってしまうので別離とも言われるらしい。

現在は十種類くらいのたんぽぽが知られているが、一番多いのがカントウタンポポという種類。その他、カンサイタンポポ、エゾタンポポやシロバナタンポポが自生している。

日本の在来種のニホンタンポポは、虫や蝶に受粉を助けてもらって種を作る。一方、外来種のセイヨウタンポポは、明治初期に食料として日本に持ち込まれ、都市環境を中心に日本全国に広がった。受粉を必要としない。花粉に関係なく種子が単独で熟し、親と同じ子孫を残すことができる。セイヨウタンポポの花の下の総苞片（そうほうへん）は、茎の方に反り返っている特徴を持っているので、ニホンタンポポと区別できる。寒さにも強く繁殖（はんしょく）が旺盛で、今では日本中でこの種のたんぽぽが見られるようになった。

村岡花子の『たんぽぽの目』という童話集を読み返してみた。

ドイツがソ連を侵攻し、日本も前年に日独伊三国同盟が結成されて太平洋戦争へ突入しようかという一九四一年に出版された、美しい日本語で書かれた童話集である。

その中に「たんぽぽの目」という童話がある。

女の子の家の芝生の庭に、たんぽぽがいっぱいに咲いていていました。

それを見て、彼女は「あゝきれい」といい、彼女のお父さんは、「芝生の上であんなに増えるとは……。邪魔だなあ」と言いました。

それを聞いた女の子は、

「たんぽぽはピカピカ光って、まるで人間みたい」。そして、

「朝になると金色の目を開けてたんぽぽが目覚め、青い空や虫たちにおはようというのよ」と言いました。

それを聞いたおとうさんは、なるほど「たんぽぽの目」は綺麗だなあと思いました。

たんぽぽは、夜の気温が十八度くらいになる春、朝になると黄色の目をいっぱいに開く。春を知らせる暖かい太陽の下で、明るい黄色のほっこりとした花を開花させる。そして、夕方になると閉じる。たんぽぽの寿命は三日位と短い。花が終わると真っ白な綿毛となって、風に乗って種を遠くへ飛ばす。

「たんぽぽさん、あなたはどこに種を落としますか」

子供の興味は尽きない。

「遠くまで飛んで、どこにでも根を下ろすのね。あの野原や川原へ。道端の小さい草むらや、大都会のアスファルトの裂け目にも」

実際、寒い冬を耐えて、雪の下にも負けず、春になって暖かくなると目を覚まして、子孫を残すために旅に出るたんぽぽは、子供ながら魅力的だと思っていた。

大人になって、我が家の前の車道のアスファルトの裂け目で、黄色い花を咲かせたたんぽぽを見つけた時には、その繁殖力（はんしょくりょく）、生命力に驚いた。そして、私はそのたんぽぽに何度か元気をもらった。

生物学は芸術だ。芸術は、人間のこと、世界のこと、科学のことだ。

そう言ったのは、私の生物学の先生、S先生である。

私の母校、大阪府立清水谷高校は明治三十三年に高等女学院として創立され、大正時代に定められたセーラー服は、清水谷ブルーという襟カラーが付いた制服で、女子学生の間では憧れの制服であった。私もそのセーラー服に魅せられてこの高校に入学した。

一九六一年に学校の六十周年を祝った行事が行われ、私は記念事業委員の一人として、大正四年に建てられた三階建ての美しい同窓会館・済美館で、歴代の制服の展示を行った。済美館は校門を入って坂を上った所にあった。その丘の上に黄色のたんぽぽが一面に咲いていたのが、とても印象的であった。このたんぽぽは、私達が植え付けて増やした花だったからである。セーラー服を着た友人たちといっしょに、この済美館の横で誇らしげに撮った写真が、今もアルバムに貼ってある。

♫　古城の南　緑濃き　朝日ヶ丘に　そびえたち

この校歌の作詞者がS先生である。

「生物学は芸術だ」という観点から、S先生からはいつも、生物を愛情を持って観察せよと言われていた。例えば、イワシの背骨の数を数えたり、背の高いシュロの葉の、指の形のように別れた裂け目の数を数えたり、たんぽぽの舌状花（ぜつじょうか）の数を数えたり。

こんな風だから、とても大学入試に有利な授業ではなかったが、私は気に入っていて、首が痛くなるまで上を向いてシュロの葉の裂け目の数を数えていた。

一方先生は、在来種のニホンタンポポが少なくなるのを嘆いていた。今の日本の環境では、受粉の機会が少なくなっているからである。

たんぽぽは多年草である。日本固有のたんぽぽの中でカンサイタンポポの繁殖力は強いので、根のどの部分の切片からも出芽できる。そこで、この性質を利用してたんぽぽを増やそうと、私達に応援を求められた。

まず、真っすぐに地中深く伸びた長い主根をちぎらないように用心深く引き抜く。そして、その太い部分を三から五センチに切って、数個の切片を作る。その切片を土の上に一センチほど顔をのぞかせて斜めに挿す。この方法、根伏（ねぶ）せを行う事によってたんぽぽを発芽させるのだ。

こうして昨年、みんなで校内の草むらの中にたんぽぽの植え付けを行った。

だから、あの六十周年の記念日の済美館の周りに、たんぽぽの花が咲き誇っていたのである。

今、我が家の庭に咲いたたんぽぽを綺麗だとは思わず、雑草とともに引き抜いている、老いた私がいる。

春を知らせにやってきたたんぽぽが、朝になって黄色の目を大きく開き、ちょうちょや虫たちに「おはよう、美味しい蜜をあげるから受粉してね」という、そんなたんぽぽに思いを寄せた、幼い頃の私はどこかへ行ってしまった。

子供の頃にいだいたたんぽぽへの愛着が、若い頃の感動が、何十年が経った今、薄れていっているのが哀しい。

明るい黄色のほっこりとした花をみる度に、優しく微笑むほどの心の余裕がなくなっているのが寂しい。

もし今年の春に黄色いたんぽぽが咲いたら、じっくりと観察しよう。あなたはカントウタンポポなの。

カントウタンポポなら、花が終わったら庭に根伏せをして増やしてあげよう。

来年には、近所の坂川の岸辺にも増やしてあげよう。
そうすれば、優しい心が私にも帰って来るような気がするから。

二〇二二年　二月

『マディソン郡の橋』のメリル・ストリープ

二〇二〇年、コロナウイルスの脅威にさらされる日々、最近は家に籠(こも)ってテレビを観る機会が増えた。午後一時過ぎ、昼食後にホッとしてテレビをつけた。

一九九五年に公開された『マディソン郡の橋』のプロローグが始まっていた。この映画は、バブル崩壊の真っただ中、チャールズ皇太子とダイアナ妃の離婚のニュースを聞いた直後に、一度観た記憶がある。さて、もう一度観てみようかと、コーヒーを手にしてソファに座りなおした。

主演はメリル・ストリープ。現在では映画界を代表するアメリカの大女優であるが、最初に私が彼女に出会ったのは、一九九一年夏、米国のオハイオ州コロンブスから遠距離をドライブして宿泊した、ナイアガラの滝のそばのホテルで、ひとり真夜中に観た映画の中であった。

私はその時、四十七歳。結婚して、忙しく仕事をしながらも、初めて半年以上主人と離れてアメリカでゆっくりと暮らしていた時であった。

映画の題名は、『Out of Africa』。一九八五年に公開されたアメリカ映画で、彼女は三十六歳くらいの女ざかり。一九三七年に出版された女流作家の自伝的小説が原作で、アフリカの大自然の中で生きる強い女性を演じていた。デンマーク出身の女性が、戦争の空気が漂(ただよ)っていたヨーロッパを離れ、スウェーデン貴族と結婚して、イギリス領の東アフリカへ脱出した。しかし、その夫との関係が壊れて一人生きてゆく中で他の男との恋に走る、という内容なのだ。話の展開がゆっくりと進む長い映画だ。

ロバート・レッドフォード演じる放浪のパイロットとの不倫の映画なのだが、意外と爽やかなストーリーだった。

彼女の話す訛りのある英語がわかり難くて、ベッドの上に座り込んで耳をすました。ゴーゴーと流れ落ちるナイアガラの勇壮な滝の音や、せわしなく変わるイルミネーションが、部屋の窓ガラスにきらきら反射するわずらわしさも忘れるくらい、その物語にのめり込んだ。

行ったことがない未知の世界アフリカの、そしてそこで繰り広げられる異次元の社会のすべてが、主人公の訛ったような発音で話す英語と相まって、私の心を鷲(わし)づかみにした。飛行機事故で愛する人を失って、アフリカを離れる決心をして発した言葉、口の中に籠ったような訛りのある英語、「Out of Africa（アフリカを去ろう）」は、その後長く私のおんな心に深く残った。

後で日本名を調べたら『愛と哀(かな)しみの果て』という映画であることがわかった。

私とは、ほぼ同年代のメリル・ストリープ。彼女、四十九歳の頃の『マディソン郡の橋』の映画である。今度は、当時六十歳を超えていたクリント・イーストウッドを相手にどんな女性を演じるのかと、胸躍(むねおど)らせて映画に見入った。

二十五年前に観た時は、私は主人と共に仕事が中心の生活をしていた。自分が主婦であること、女であることを意識していない、いや意識しないようにしていたのであろうか、まったりと平凡に生きている田舎の農家の主婦が、偶然に通りかかったカメラマンに愛を感じるという内容に、共感が持てなかったような気がする。

でも、今の私は違う。大人の女性の内面が理解できるだろうか。

『マディソン郡の橋』は、アメリカ合衆国のほぼ中央に位置するアイオワ州にある屋根付きの橋、ローズマン・ブリッジを、ストーリーの中で象徴的に使っている映画である。この屋根付き橋は、農道の橋の劣化を遅らせるために屋根を付けた、ごく一般的に見られる橋で、中国やヨーロッパにある装飾性の高い橋とは異なる。

離婚経験のあるカメラマンのロバートが、この平凡なローズマン・ブリッジの写真を撮りに来たところが、恋の始まりである。つまり、どこにでもあるような橋を撮りに来たカメラマンが、平凡な小さな田舎町の主婦に出逢って恋に落ちる。家族が不在中のたった四日間の恋の体験の、一人の「おんな心」の移ろいを描いた物語である。

雨の降る街角で、町を離れるロバートに出会った時、彼の目が一緒に来てくれと訴えているのを感じながら、彼女は彼を車の中から見送った。切ないながらも、ある種の意思をもった女性を、メリルは演じきっていた。

物語は、一九八九年の冬、農家の主婦、フランチェスカの葬儀を出すため、二人の子供が母の手帳や日記を読み始めるところからはじまった。

彼女はこの四日間の出来事を克明に告白して、子供たちをびっくりさせる。

長い年月を経て死を目前にした今、あなたたちにお願いがあると言う。「私は、添いとげた夫を愛情をもって看取り、子供たちを母として愛して、自分の生涯をあなたたちに誠心誠意捧げた」。だから、せめて残りの身体はロバートに捧げたいと願ったのだ。

「火葬して、ローズマン・ブリッジの上から灰をまいてほしい」

「火葬なんてありえない。お墓がなければ墓参りに行けないじゃあないか」

彼女は、告白を続ける。ロバートの死後に彼の弁護士から小包が送られてきて、「生涯に一度きりの確実な愛だ」という言葉と共に「永遠の四日間」という写真集を受け取ったこと、そして彼の遺骨がローズマン・ブリッジからまかれたと知ったことを。

「だから、自分の灰をローズマン・ブリッジからまいてほしい。生涯に一度きりの確実な愛を私も全うしたい」

これは不倫の告白だ。しかし、メリルが演じるフランチェスカの心の葛藤(かっとう)が、彼女のごく自然に手を口元に持ってゆくようなしぐさや、ロバートの背中に手を回す彼女の手の表情から感じられ、私は爽やかな印象をもった。

結婚して子供もできて、人生の半分を過ごしてきた彼女の息子、娘達にとって、愛する母の最後の望みが理解できたのであろう。

最終的に彼女の望みは実行された。晴れやかな顔で母親の灰をローズマン・ブリッジからまいている映像に、私の気持ちが和らいだ。

五年間看病し続けた夫・一郎を看取った今、ゆったりとした時間を持っている現在の私の心の安泰が、フランチェスカの気持ちに同感できる、こんな大人のおんなの内面が理解できるようになったのだろうか。

メリル・ストリープは、映画『クレイマー、クレイマー』の中でどこにでもいる主婦を自然に演じたり、英国首相のサッチャーのような鉄の女を圧倒的に演じたり、平凡な女性から非凡な女性を演じることができる演技の幅が広い俳優だ。舞台俳優からスタートしているらしいが、彼女の演技はごく自然体。登場人物の中に、もうメリルは見えない。わたしを物語の主人公の心に同調させてくれる。

結婚して多くの子供を育てながら、威勢を張らないで生きている、その姿勢が、彼女の演技に反映しているのかもしれない。

私は彼女より五歳年上の七十五歳。自分にとって大事なものは何か、そろそろ整理する時期にさしかかっている。人生の終盤をどうまとめてゆくか、考える年になった。

メリルが「いつも閉ざされた扉の向こうにいく勇気を持って歩いていく」と言っているのを聞いて、納得している私がここにいる。

「自分ひとりで頑張りなさい」と両親に言われていたというのも、自分と似ているなあと思う。

さて、私にはまだ、閉ざされた扉を開く勇気があるだろうか。自分の内面と向き合いながら、その扉は何処にあるか、生涯をかけて探してゆき続けたい。

二〇二〇年　六月

窓を開ければ

一九九一年の秋、アメリカのオハイオ州立大学にいた私は、四十七歳の誕生日を迎えたばかりであった。

「あ、痛い！」

急に左肩が痛くなって、上腕（じょうわん）を抱え込んでうずくまってしまった。病院に行くと五十肩と診断され、局所にステロイドを注射された。痛みは改善しなかった。ただし、右腕は支障なく使えたので仕事をつづけて、十一月に帰国した。

その後も左肩の痛みは改善せず、一年後にはさらに右肩も痛くなってきた。つまり、両肩が痛み、両腕の可動域が狭くなり、上にも後ろにも動かせなくなってしまったのだ。

「洋服が着れない、助けて！」

山梨地方に詳しい夫の友人に勧められて、戦国時代の武田信玄の隠れ湯、積翠寺（せきすいじ）温泉に行った。弱アルカリ性で、怪我をした信玄が療養に使用していたのだという。甲府駅からタクシーで十五分、静かな山を背景にその宿は建っていた。傍には付属の古い湯治場も残っていた。

温泉宿で、ぼんやりとした時間を過ごしたが、体も心も折れていた。

部屋の窓を開けて夕方の南の方角を見ると、薄い青色の空の低い位置に、手でちぎった和紙で作られているような月が見えた。薄っぺらい、左上が欠けている十三夜の月である。寂しそうな、透き通った、まるで重量感のない、存在感のない月であった。

まだ、五十肩の症状は続いている。

「料理をするにも支障がある。傘も開けない。ドアノブが回せない。このまま、仕事へ復帰できるだろうか」

「十分に休めばいいよ」と、夫は言ってくれるが、私の心の震えは消えない。

誰も、この痛みは理解できない。

寝られない夜を過ごした次の朝、川のせせらぎの音が聞こえるので、窓を開けると、すぐ近くの小川に水鳥が小さな群れを作っていた。

ヒドリガモである。採食（さいしょく）しているものもいれば、並んで泳いでいるもののもいる。彼らの多くはつがいのようだ。オスは頭に茶褐色のフワフワした毛をもち、身体は灰色で下腹部は白い。一方、メスは全体的に暗い褐色なので区別できる。

「仲が良さそうに、お互いに白い嘴（くちばし）をツンツンしているわ」

「うーん……。睦まじくしているように見えるけれども、仲が良くて一生添い遂げるというのは違うらしいよ」

「えー、そんな」

そんな寂しい会話を残して、夫はひとり家に帰っていった。

私、同情はいらない、けれど、夫にはわかってほしい。

ひとりになって、ゆっくりと湯につかったり、窓を開けて、窓辺に腰をかけて湯治客が数人で散歩をしているのをぼーっと眺めて過ごした。重い気持ちが徐々にすとーんと出ていくのが感じられた。名物のほうとう鍋を食し、一週間ほど滞在した。

窓を閉めた。ガラスに映る自分の顔を見ていると、この窓は、私を外の世界と隔離（かくり）してくれている、守ってくれていると感じられた。

そのうち、窓から「朝」が入ってくるのを楽しみに待てるようになってきた。

♬　窓を開ければ　港が見える　メリケン波止場の灯が見える

淡谷のり子の『別れのブルース』を思い出した。船が出て行くのを見ながら、ひとり残された寂しさを憂いて歌った歌だったと思う。

悲しまないで窓を開ければ　新しい明日が来る、と続いている。

松山千春は歌っている。

♬　小さな窓から見える　この世界が僕のすべて

　空の青さは判るけれど　空の広さはわからない

ともかく、窓のある世界には、いずこにおいてもいろいろな物語があるのだ。

家に帰って、二階の寝室の大きな窓から南の空の夜月を見ると、満月に変っていた。輪郭のはっきりした、明るい月であった。日本では、月には餅をつくウサギがいると言われているが、ドイツでは女性の左向きの横顔が見られるという。

「ウサギ、それとも女性……」と、目を見開いて観察していると、その月を見る私がやさしい笑顔になっているのがわかった。すこし元気が帰ってきたのかな。

窓から眺める夜景に心が癒され、入ってくる光と風を心で感じている。

気持ちを外に吐き出すことができる窓は外の世界への通用口だが、実は風と共に希望を運んで来る入り口でもあるのだ。

窓を開ければ、風と共に新しい、明るい風が入って来る。それが私にもわかるようになってきた。

一方、窓が小さければ、あるいは窓を閉めれば、外の世界から隔離され、自分の世界を作ることができる。

ドイツ滞在中、私はフォルクスワーゲンのカブトムシという、小さな車を所有していた。四気筒、空冷式の国民車として登場した車である。この車がドイツ人に人気だった原因の一つが、その車内の狭さと窓の小ささである。他人に外から見られることが少なく、自分だけの空間を得られることが、ドイツ人の個人主義の気質に合っていたらしい。

窓から外を眺めていると、時間の流れが見えてくる。

テレビで放映されているＹＫＫ　ＡＰ株式会社のコマーシャル、「窓と猫の物語」が好きだ。猫と女の子の時間の流れを、ほんわかとした映像で、哀愁を帯びたドラマ仕立てのコマーシャルである。

しかも、窓から外を眺めているのは、物言わぬ「ねこ」なのである。言葉を発しない猫が女の子の成長の時間の流れを、人生の記録を、むっつりとした顔で見つめている。猫らしく、一見「無関心だよ」という表情で。

その後、五十肩の症状と両腕の可動域（かどういき）はゆっくりと改善した。そして現在は、五十肩の後遺症（こういしょう）は残っているものの、日常生活には困らない程度となっている。

「あ、でもなんか変。息ができないかも！」

その代わりに、七十七歳の老人に見合った支障が始まったのだ。胸がキュンとした。狭心症（きょうしんしょう）と診断された。

「お客さん、お品物をお忘れですよ」

おつりだけを受け取って、すました顔をして私は店を出た。

「あー、やっちゃった」

テレビのコマーシャルの一場面と同じ。認知症の始まりかも。

我が家の二階の窓から月を見た。左上が欠けている十三夜の月だ。今日の月も薄べったく、紙のようだ。しかし現在の私には、あとしばらくすれば満月になるよと、語りかけてくる月に見える。実際、満月になり、それが過ぎた頃、月は右上から欠けてきて、明るく輪郭明瞭な宵待月になった。

窓を開けると、さーと風が入ってきた。明日も晴れらしい。

近所の坂川の岸辺に、越冬するために今年もヒドリガモが来ている。ここでつがいをつくって、春を待っている。ピユーピユーと楽しそうだ。

夫が亡くなってしまった今は、この冬鳥が私に笑顔を運んでくれている。来年も再来年も一緒に来て、睦まじくしているような気がする。

二〇二二年　二月

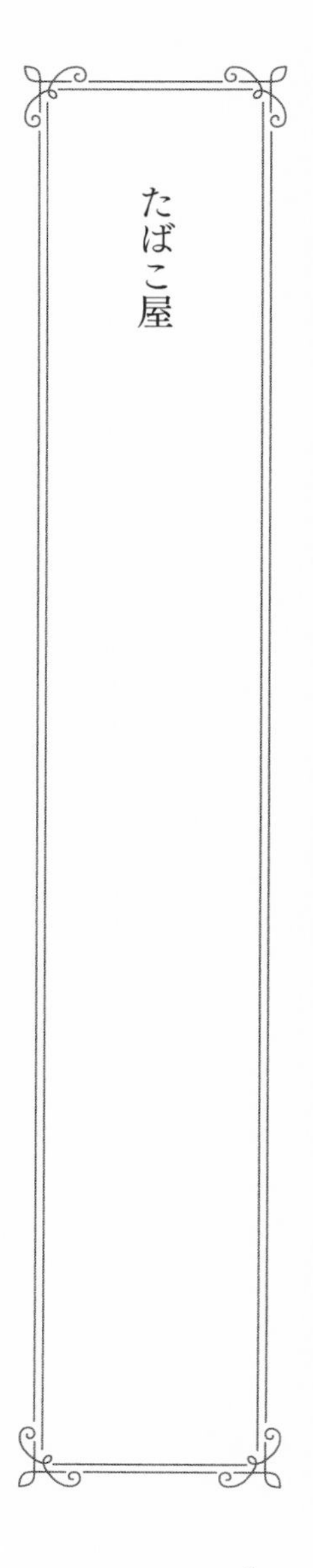

たばこ屋

「たばこする」は、山陰地方で休憩するという意味で使われる。

「えらいけい、ちいと、たばこするけえなあ」と、私の隣に白髪頭のおじいさんが腰掛けて、話しかけてこられた。

「犬と一緒じゃけえー、ええのう」

広島県と鳥取県ではイントネーションが違ったが、土地の言葉で話しかけられて、なんだか安らぎを覚えた。「疲れたから、ちょっと休憩しよう。犬と一緒でいいですね」という意味である。

二〇一六年、クナ（我が家の飼い犬）を連れてドライブ旅行をしていた時、昼ご飯に立ち寄った小さな食堂で、この「たばこする」という言葉を久しぶりに聞いたのだ。鳥取県のいなば海岸（正式には白兎（はくと）海岸）の近くである。私の両親は広島県の山間部の生まれだが、昭和十四年から大阪府箕面村（現在の箕面市）に移り住んでいるので、このような方言はあまり使わない。ただし時々は広島弁が出ることがあったので、私もある程度は理解できる。

いなば海岸、この辺りのことを、小泉八雲は、不思議なほど渚に近い海岸と表現している。ここの日本海は、遠くに砂丘を見渡す、静かな海である。鳥取県のこの一角の浜村温泉に、六十年くらい前、「たばこ屋」という旅館があった。

「たばこ屋旅館　浜村温泉　電話　八番」。電柱のそばに黄色に変色した看板が立っていた。「たばこ屋」は海の近くにあった。私が十九歳の夏、この旅館は、ＹＭＣＡ大学予備校の臨海学校の宿舎となっていた。英語が主な教科ではあったが、自由時間には浜辺に出て水泳を楽しんだ。

世の中は、日米安保問題で学生たちが目の色を変え、ドイツでは東西にドイツを分断して、いわゆるベルリンの壁が構築されるなど、動乱の時代であった。日本国内最大の黒部ダムが完成したというニュースがあり、一方では無責任時代という歌が流行っていた。私は、大学入試に失敗してＹＭＣＡ大学予備校に通っていた。ＹＭＣＡは、英語の授業に定評があった。私は中学校から高校まで、数学や理科に比べて英語の授業には全く興味が持てなかった。この弱点を克服しなければ入学試験には立ち向かえない。そのためにこの夏、ＹＭＣＡの一週間の合宿授業を希望して、ここでの英語の補習を受けるための臨海学校に参加したのである。

　ある日の授業が終わってから、友人たちと砂丘に行った。砂丘は思ったよりも規模が小さかったが、それでも幾つもの砂の丘が海まで続いていた。そして、吹き付ける風によって、その斜面に風紋ができていた。谷から丘の上まで柔らかな波が幾重にも重なりあっている。夕日に照らされたオレンジ色の輝線が、その下の影とでコントラストを描く。その連続した曲線が美しかった。

「砂の粒子の大きさによって、波の模様がちがうんだよ。空気が乾燥している時期の、風速がちょうどいい時に綺麗な風紋ができるらしいよ」と、私達の指導者として同行している大学生のＳさんがそーっと説明してくれた。

「シュカブラもきれいだよ。雪が積もったところにできる風雪紋のことで、風が雪を削って、斜面に波が重なりあったように模様をつくるんだよ。僕は、山岳部に属しているんだ。アルプスの山で見たことがある」

　Ｓさんは、姫路出身の神戸大学工学部の三年生で、ＹＭＣＡ大学予備校の卒業生とのこと。山男らしく日焼けして、坊主頭で男らしい。

「どの位の風速が一番いいの」「雨が降ったらどうなるの」「私も、シュカブラを見てみたい」

私の興味は尽きることはなかった。知らないうちに、仲間と離れて二人で歩いていた。最終日の前日の午後、自由時間にみんなで水着に着がえて海に行った。私はまあ泳ぎは得意であったから、みんなと離れて少し沖に出て泳いでいた。海面から顔をあげると、あの大学生が目の前にいた。

「上手だね」

それから二人で海岸まで並んで泳いだ。浜辺について陸に上がると、水着がピッタリと身体に張り付いていて、ショートカットにしている髪の毛から水が滴り落ちる。彼が私を見ている。恥ずかしい！

「じゃあ、また」と私は、顔を伏せながらやっと言えた。浜では、みんなが記念撮影をしていた。誰かが私の写真を撮っているのに気が付いた。私は写真を撮られまいと、急いで「たばこ屋」へ走って帰った。

その日の夕食は、臨海学校の最終日なのでカニの御馳走がでた。しかし、私は全く食欲がなかった。熱はなさそうだが、ドキドキして、頭が痛い。友人のN子さんが教官室に行って、付き添いの医師から薬をもらってくれた。看護婦さんから「ここで飲みなさい」と、薬と水を手渡され、玄関先で薬をのんだ。女子学生の部屋は、この建物から少し離れた別棟にある。N子さんと一緒に別棟に移動しようと、身体の向きを変えたとたんに、私の身体が足元から崩れ落ちた。意識が朦朧（もうろう）として、立てなくなった。

目が覚めた時、枕元にN子さんが心配そうに座っていて、布団のすぐ隣で私を覗き込むように、T先生が座っておられた。

「おー、気が付いたか？」「ゆっくりと休め」と、言い残して先生は部屋を出ていかれた。T先生は五十歳前後の、清々しい雰囲気を持った英語の先生である。私のおでこに、先生が固く絞ったという冷たい手拭いがのせられていた。外は、薄っすらと明るかった。

「風邪はよくなりました。ありがとうございました」

次の日、午前中からT先生の最後の補習授業を受けた。T先生の教え方に、私は好意を持っていた。だから、英語の授業に次第に興味が湧いてきたところであった。あの先生が一晩中介護してくださったなんて。わたしの顔は紅潮していった。

「頑張らなくっちゃ」

今朝は頭がすっきり冴えている。昨日、なぜ食欲がなくなって頭が痛くなったのだろう。その後、どうして意識がなくなったのだろう。こんな経験は今までになかった。薬が身体に合わなかったのだろうか。それにしても、どうやって部屋まで帰ったのだろう。十九歳の私に、恥ずかしさが残った。

N子さんは何も言わないで、朝食に誘ってくれた。二人で別棟の講義を受けに行った。T先生は淡々と授業を進めている。その内私は、昨晩のことを忘れることにした。T先生も英語もさらに好きになっていった。あれは風邪の症状ではなかったと思う。あの大学生も何も言わない。でも、優しい目になっていた。私は何も言わない彼を見るのが嬉しかった。

「じゃあ、また学校で」

その日の午後、T先生たち指導者と別れて、たばこ屋旅館の前からバスで帰宅の途に就いた。

あれは初恋だったのかな。受験勉強中の私にとって、ちょっと寄り道した甘い初恋体験。それはこのようにして終わった。

次の年、希望の大学に無事に入学した。五月になって新人パーティーが開催され、誘われてワンダーフォーゲル部に入部した。その頃、京都の大学までは京阪電車（けいはんでんしゃ）で、大阪から毎日おなじ時間のおなじ特急車両に乗って通学していた。ある時から、同じ大学に通う学生から話しかけられるようになった。彼もＹＭＣＡ大学予備校の臨海学校に行っていたそうだ。

一カ月後に、彼はちょっとためらいながらこういった。

「君がたばこ屋で気を失ったから、大騒ぎになった。Ｔ先生たちと僕が一緒に抱きあげて、別棟の君たちの部屋に運んであげたんだよ」

「えー」「うそー」「あ、ありがとうございました」

やっとの思いでお礼を言ったが、京都までの到着時間が長く感じられた。次の日から、時間帯を変えて通学し、両親に頼み込んで、京都に下宿することにした。こうして、心に秘めていた初恋の思い出が、急に色あせてしまった。

「えらいけいい、ちいと、たばこするけえなあ」

いなば海岸でおじいさんが「たばこするけえなあ」と言った時、浜村温泉のたばこ屋旅館のことが懐かしく思い出され、懐かしさの中に、淡い初恋の、そして苦い出来事の思い出が即時に蘇ったのである。

押し入れの中の写真箱の片隅に、いなば海岸にたたずむ私の写真がはいっている。あの時の水着姿の私を写した誰かが、後でくれたものらしい。濡(ぬ)れた髪の毛が右頬に張り付いた、少しうつむき加減の横顔の写真。手を左頬にあてて、はにかんだような顔をしているが、なんだか笑っているようにも見える。なんとも初々しい、若い私がそこにいる。

二〇二一年　六月

理髪店のクァルテット

昨年（二〇二一年）の夏、シナリオライターのMさんが絵葉書を示して、

「何か、書いてみませんか。どんな話になるのでしょうね」

それは、サタデー・イブニングポスト誌の、一九三六年九月二十六日号の「四人そろえば」というタイトルのノーマン・ロックウェルのカバー画の絵葉書であった。

ノーマン・ロックウェルは一八九四年生まれのニューヨーカーで、一九一六年から約五十年間もカバー画を描いていたという。早速、彼のカバー画集を買ってきた。三百ページもある画集にのめり込み、そしてページをめくる毎に、それらの物語性のある絵の中に、ぐーっと引き込まれていくのが心地よかった。

主に一九四〇年頃のアメリカの理想の風景を描いているもので、まるでドキュメンタリー映画のワンシーンのように、それぞれの登場人物が生き生きしている。ユーモアに溢れた善良な人物が登場して、人間らしさがにじみ出ている。一連の出来事の一瞬をとらえながらも、絵の中の人物の動きが、そして時間の流れや人物の感情が、じゅわーとイメージとして現れてくる。いろいろと想像できて、胸がワクワクする。

その頃のアメリカは、辻馬車が走っていたような時代。しかしそれらの画は、現代の社会に置き換えてもなんら違和感のない、私達の根幹（こんかん）に語り掛けてくるほどの力がある。

「四人そろえば」には、一人の老人の客と、お揃（そろ）いのチョッキを着た理髪店の主人と若い店員、それに赤いチョッキを着たお洒落な、背の高い客の四人が、寄り添って歌っている様子が描かれている。

ちょうど客の髭剃（ひげそ）りの最中に、急にコーラスを始めたようなのだ。なぜ、歌うことになったのか、何を歌っているのかと考えているうちに、次第に物語が浮かんできた。

場所は、私がアメリカで初めて訪れたところ、ワシントン州のポートランド郊外のネルソンおばあさんの村にしよう。ネルソンさんは、私が英会話を習っていたおばあさんで、敬虔（けいけん）なキリスト教の信者だった。おばあさんのかわいらしい家は、町から真っすぐに続く道を、上がったり下がったりしながら、一時間ほど車を走らせた田舎町にあった。町はずれの橋を渡った所に教会があり、そばには教会に付属した学校があった。そこだ。そこに理髪店があるのだ。

こうして、「理髪店のクァルテット」という物語ができた。

シアトルから三百キロ南にあるポートランド郊外の、牧歌的な小さな田舎町の理髪店は今日も店を開いていた。客は、七十二歳のエドガー・カイザーがただ一人。

五十歳を超えたばかりのアントン・ベルクマンはおしゃべりだが腕のいい理髪師だ。ちょうどエドガーの髭を当っていた時に、赤いチョッキを着たお洒落でちょっと都会の匂いのする背の高いパウルが入ってきた。

「やあみんな、元気！　ドミニクのことを聞いたかい。川向こうのドミニク・コッホだよ。バルコニーのロッキングチェアに座ったままで、葉巻を手にして死んでいたって」

エドガーは振り返りながら

「えー」

「危ないー、エドガーさん！　ドミニクって、アーカンソー州から来た白髪頭の黒人の人だよね。奥さんが亡くなってから少し気が弱くなっていたけど、とうとう、逝（い）ってしまったのか」

アントンは髭剃(ひげそ)りの手を休めて、そう言った。

それに応えて、エドガーが続けた。

「そうだよ。コットン畑で朝から晩まで一緒に綿摘(わたつ)みしていた友達が、みんな死んでしまったんで、奥さんの故郷のこの町へ移り住んできていたんだけどなあ。子供もいなかったようだしな」

「そうそう、ぼくのバーに時々来ていたなあ。すみっこの方に一人で座って、しわくちゃの手で頭をかきながら、安いウォッカをちょびちょび飲んでたよ」と、パウル。

「意地悪な監督者だって死んだと言っていた。いい人も悪い人もみんな死んじまったって」

アントンは、ドミニクの散髪をしたことを思い出した。

「どんな髪型にしましょうか」と、アントンが聞くと、

「そうさなあ」と言った後、「いつものように!」と言って、くくっと笑っていた。

ドミニクの頭は白髪の短いクルクル毛。髭もあまり伸びないようなのだ。

それでもドミニクは、この小さい理髪店にくるのを楽しみにしていた。

「ドミニクさんって、よく日曜日のミサの帰りに、テムズ川のベンチに腰掛けて、Gone are the days……って、歌っていた人ですよね」

サンフランシスコからやってきた、アントンの弟子で、甥のマーチンが口をはさんだ。

その歌は、『オールド・ブラック・ジョー』というスティーブン・フォスターの歌で、穏やかなメロディーの何処か哀愁（あいしゅう）ただようメランコリックな曲である。

マーチンの理容学校の先生のお気に入りで、授業の終わりにいつも、クラスみんなで合唱していたという。

♫

若き日　はや夢とすぎ　わが友　みな世をさりて
あの世に楽しく眠り　かすかに我を呼ぶ　オールド・ブラック・ジョー
「そうだねえ。わしの同僚もどんどん亡くなって、寂しい気持ちになっているよ。マーチンの伯母さんも、アントンの奥さんも昨年にいっちゃったしね。この年で、生きているのは……」

そう言って、エドガーはすっかり落ち込んで、次第に目が真っ赤になっていった。

アントンは、髭剃りの手を止めてエドガーの肩に手を添えて、

「明日、教会でお祈りしよう」。そういって、ポロリともらい泣きをした。

「明日のミサでドミニクの冥福を祈った後、牧師さんはみんなにどんな説教をするんだろうな」

そんなエドガーをみて、マーチンが提案した。

「明日のミサの後の昼食会で、この歌をみんなで歌いませんか」

「年を取るって、そんなに悪いもんじゃあないですよ。あの世に行くのは、もっとたくさんの友達を作ってからでいいでしょう。楽しく歌いましょう。歌えば悲しそうな顔をした人を幸せにできますよ。愉快になって輪を広げれば、新しい友達も増えますよ」

マーチンは、理容学校の先生がそう言いながらこの歌を教えてくれたのだと言った。

「それがいい。理髪店のクァルテットってのをさ」

と、アントンが賛成した。

それぞれ自分たちの懐かしい死者のことを思い出して、みんなも同調した。

それからすぐに、四人で合唱の練習を始めた。

♫ Gone are the days……

When my heart was young and gay

Gone are my friends

From the cotton fields away

次第に全員の声がそろってきた。

みんな悲しいことも、寂しい気持ちも忘れて大声で歌った。

「かすかに我を呼ぶ　オールド・ブラック・ジョー」

♫　I hear their gentle voices Calling 'Old black joe'

牧歌的（ぼっかてき）な小さな田舎町の理髪店の窓から、彼らの歌声が音符マークになって、教会の屋根を超えて、テムズ川のベンチの方向に漂っていった。さわさわという風に乗って。

平和な明日が始まりそうな予感がした。

楽しい！

私は、子供の頃から書くことが好きだった。とくに、おとぎ話やフィクションを書いていたように記憶している。おりしも、伊東絹子がミスユニバースで三位に入賞して八頭身美人が美人の基準になり、一方『君の名は』という映画が流行っていた頃。

私は、小学校に上がっていた。四十五人くらいの二クラスという、小さな箕面北（みのおきた）小学校。

学芸会なども盛大で、戦後も八年が過ぎて、みんなで平和を実感しつつあった時代であった。

ある時、『幸福な王子』というアイルランドの子供向け短編小説に触発されて、「幸福なお姫様」というシナリオを書いて、学校のひな祭り会で劇を披露した。

幕が開く。

教室にしつらえた舞台に、大きな窓が置いてある。窓の前に綺麗な着物を着たお姫様人形が立っている。上手に家の梁(はり)があって、そこにツバメの巣がある。

一羽の若いツバメが上手から出て来て、窓の外を見ているお姫様の顔を見上げて話しかける。

「なぜ泣いているの、お姫様」

お姫様は、外を指さしながら、

「ほら、あそこに子供達がいるでしょう。さっきから全く動けないみたいなの。かわいそうなのよ」

「そうですね」

「お母さんが行き倒れになって死んでしまったの。それ以来、ずーっとお腹をすかせているの」

「ええ、やせ細っていますね」

「だから、私の頭に付けているサンゴのかんざしを持って行ってあげてくれませんか。町のお店に行って売れば、何か食べものが買えるでしょう」

「それに、あそこのおばあさんは病気で、さっきから咳が止まらないの。でも、薬代がないって泣いているの。このメノウの帯どめを……」

「わかりました。では、かんざしを子供に、帯どめをおばあさんに渡してあげましょう」

ツバメはかんざしと帯どめを手に取って、下手へ羽ばたいて出て行く。

しばらくしてツバメは、手に何も持たずに下手から入ってくる。

「みんな、喜んでいましたよ。ありがとう、ありがとうって」

「あの旅人は草履（ぞうり）が破れてしまって、痛みで歩けないの」

「では、あなたの草履を持って行ってあげましょう」

こうして、お姫様は可哀そうな人たちに自分のものを次々とあげていく。

そして最後には自分の黒真珠（くろしんじゅ）の目もあげてしまう。とうとう下着姿の惨めなお姫様になった。

パラパラと舞台に雪を降らせる。場面は冬。

「仲間のツバメたちはみんな、南の暖かい国に渡って行ってしまいました」

「あなたは私の手伝いをしていたので、みんなに取り残されたのね」

ツバメはやせ細って、疲れ切っている。もう南へ飛んで行く元気はない。

盲目になって、寒さで震えているお姫様の足元に、ツバメが寄り添って横たわっている。

そこへ一筋の光が二人を照らし始め、次第に舞台は明るくなっていく。

光の中で二人とも、上を見上げて嬉しそうな顔をする。

「今は、美しい白い季節。私達は、本当の幸福なお姫様。そして幸福なツバメです」

幕が下りる。


懐かしい!

「シナリオライターのMさん。今度また、何か書けたらみてください」

私は七十七歳。あと十年、あと二十年、頑張って書き続けますから。

二〇二一年　八月

ブラックスワンのワルツ

二〇一六年の九月、日本を出発した時には、まだ残暑が厳しい季節であった。

オーストラリアは南半球にあるので、西オーストラリアのパースに着いた時、春が始まったところにしては、もう夏の気配があった。空は見事に晴れ上がり、雲ひとつない。バスはパースを出て、南東へひたすら菜の花畑の一本道を走っている。パースから五時間くらいのドライブで、ウェーブロックに着く予定だ。ウェーブロックって、どんな所だろう。期待に胸がふくらむ。

ミモザアカシアの黄色い花が見られる小さな町に入って来た。ミモザは乾燥に強くて痩せた土地でもよく生育するらしく、黄色い可愛らしい花を木いっぱい満開に咲かせている。

途中に立ち寄ったレストランに併設したワイルドパークに、小さな池があった。

コアラのぬいぐるみに囲まれながら、鶏肉のソテーとソーセージの昼食を食べた。なにげなく窓越しに池を見ていると、水鳥が泳いでいるのが見えた。白鳥にまじって二羽の黒い水鳥が悠々と泳いでいる。水面をすべるようにゆっくり進む全身は真っ黒。嘴(くちばし)は赤くて先端に白の斑点がある。目の虹彩(こうさい)は赤い。品があって優雅で、能衣装(のういしょう)を着たヒトが水の上をスリ足で進んでいるようだ。

「あれは？」

「黒いスワンです。ブラックスワン」

「ステキ！　かっこいいぞ」

性格は穏やかで、人懐(ひとなつ)っこいという。白鳥よりも少し大きく、堂々とした体つきをしている。艶(つや)のある黒色の羽根に覆(おお)われているが、初列と二列目の風切羽(かざきりばね)の外側は白い。だから、黒い羽根からちょっと白いものが見え隠れしている。羽を広げると羽の先端が白くて勇壮だという。黒い羽根は背中のあたりでカールしている。カールして立ち上がった羽毛が重なり合って、よけいに深みのある黒になっている。逆光の中だったけれど、後ろから来る太陽の光を吸収して、表面がキラキラ光っている。二羽ならんだシルエットが美しい。

この黒衣装(くろいしょう)は気品にあふれているが、意外にモダン。気取ったところがなく、しなやか。でも凛(りん)としている。

ヒトに例えると……

ああ、言葉に表しきれない。初恋の時に経験したように、胸がキュンとなった。

静かに水面をゆっくりと前進、小さな波紋（はもん）を作りながら左旋回（せんかい）、右旋回してワルツを踊る。そして、大きく弧（こ）を描きながら進んで、そっと振り返る。下から見上げるように首をひねる。

そこには三羽の幼鳥（ようちょう）が。頑張って両親を追いかけている。キューキューと鳴いている。

平和だなあ。微笑（ほほえ）ましい。

幼鳥の体は、灰白色で嘴は黒い。親鳥とは全く似ていないが、仕草が幼稚（ようち）で可愛い。

オスとメスが交代に抱卵（ほうらん）して、三十日で孵化（ふか）するという。生後は一年ほど親と一緒に生活をするのだそうだ。こうして親子で静かに暮らしているんだ。

「なんて美しい姿と身のこなしなのだろう」

デンマークのアンデルセンの童話に「みにくいアヒルの子」というのがあるが、白鳥も黒鳥もその幼鳥は、親とは似ても似つかぬ灰白色なのだ。それはそれで可愛いが、アンデルセンには醜（みにく）いと映ったのだろうか。

スワンは白色だと思っていたら、オーストラリアで黒いスワンが発見されたのだという。

一七〇〇年以上も前の事らしいが、白鳥とは違うのでブラックスワンと呼ばれて別の鳥に分類された。日本語では黒鳥（こくちょう）という。今では、オーストラリアに棲息（せいそく）する固有種（こゆうしゅ）として登録されている。季節や環境の変化に応じて移動はするが、渡（わた）りはしないという。

もっとも、現在では日本の動物園でも見られるらしいが。

「黒い白鳥を探す」という諺（ことわざ）がある。探しても無駄という意味らしい。

これだけの相場の下落はブラックスワン級だ。信じられないことが起こったもんだ。青天の霹靂（へきれき）だ、というような意味で使われる。

「観光地の池に浮かんでいる、人力で漕（こ）ぐスワンボートは、なぜスワンなの？」

白鳥も黒鳥も羽毛の中で幼鳥を育てる。だから、両羽を立てて作った背中のゆりかごに幼鳥を乗せて泳ぐ。黒鳥が灰白色の幼鳥を背中に乗せている姿には風格がありそうだ。

スワンの背中のゆりかごは格納性（かくのうせい）が高くて、安定感がある。だから、スワンボートが生れたのだろう。なんともリアルなスワンボートなのだ。

そういえば我が家の洗面台に、スワンの背中の穴の中に洗剤を入れた置物を置いている。今まで、なぜ背中に格納庫があるのかなんて、不思議にも思わなかったが、これで納得！

チャイコフスキー作曲の「白鳥の湖」のバレエを見たことがある。悪魔によって白鳥に変えられた王女オデットと王子ジークフリートの悲恋の物語。

夜にだけ人間の姿に戻ることができる白鳥。真実の愛を誓う男性だけがこの呪いをとくことができるのだという。王子はオデットに約束するが、夜が明けてオデットは白鳥に返ってしまう。

結婚相手を決めるために開催された舞踏会の日、王子は悪魔の娘、ブラックスワンに騙されて、彼女を花嫁に選ぶのだ。

バレエでは、一人二役の主人公がブラックスワンとなって王子を惑わす。純真無垢な白鳥と官能的で邪悪な黒鳥を、ひとりで踊り分けるのは非常にむずかしく、二〇一〇年に公開された映画『ブラック・スワン』でも、バレリーナがプレッシャーによって、徐々に精神が崩壊していく様子が描かれていた。

「情熱的に、官能的に黒鳥に変身せよ」

内気なバレリーナ、ニナが、官能的で美しく、それでいて邪悪な黒鳥を表現できずに苦しみ、少しずつ心のバランスを崩していく。幻覚や妄想に悩まされるようになる。今にも切れそうな糸の上を渡っていくような緊迫感があり、鬼気せまるニナを演じるナタリー・ポートマンは、黒のバレエコスチュームを着て踊る。この踊りはテクニック的にむずかしいのだそうだ。心を病んでしまっているニナを踊る、ナタリーの演技は魅惑的だが狂気じみていた。この映画は、サイコスリラーなのだ。

私は、この映画をパリに行く飛行機の中で見た。物語が進むにつれて、私は次第に身を固くし、最終的には目を閉じてしまった。

最後に、上を向いて、「フー」と息を吐いた。

チャイコフスキー作曲の『白鳥の湖』のバレエを見た時の、ロマンチックな印象とは真っ向から対立している。何か、見てはいけないもの、見たくなかったものに触れたようで、身体が震えた。チャイコフスキーの『白鳥の湖』の中では、ブラックスワンは悪役ではあるけれど、繊細な一面をも持っていて、魅力的であったはずだ。

「死んでいく白鳥、オデットには心から同感したけれど、ブラックスワンの踊りにも心を寄せていたのに！」

だから、オーストラリア旅行の途中、ワイルドパークの池の中に美しい黒い鳥をみて、

「あれは？」

「ブラックスワンです」

と言われて、その平和な雰囲気、二羽の仲睦（なかむつ）まじい様子にホッとしたのだ。


ウェーブロックは、高さが十五メートルもある大波がドーンとおそいかかってくるような形の一枚岩であった。波の幅が百メートル以上もある花崗岩（かこうがん）の高波である。やはり、オーストラリアは大陸だと思った。すべてのスケールが違う。

パースに帰って来ると、街中のキングスパークにあるモーガン湖で、もう一度ブラックスワンに出合った。青い透明な空の下、湖の向こうにパースの高層ビル群が見えている。そうした景色を舞台装置として、湖岸（こがん）の岩場のそばをゆうゆうと泳いでいた。二羽が、左右に広がったり、再び寄り添ったり。そう、二人の男女がワルツを踊っているように。

波はなく、ブラックスワンが作る波紋（はもん）だけが水面に広がる。そして、水草をついばむために赤い嘴を水面に沈めると、そこに小さな波紋ができる。それらの大きい波紋と小さい波紋が重なり合って、美しい幾何学模様が水面に描かれていく。

親鳥は、先になり後になりしながら、幼鳥のそばに寄り添っている。面倒見がいい。親たちは、常に同じつがいになって子供の世話を一緒にするのだそうだ。

またブラックスワンは、エサ箱からエサをくわえて取り出しては、口移しで魚に与えているようにみえる。実に面倒見がいい。しかも、そんな時にも美しい。背中がカールした黒い衣装を身につけて、背筋をのばして凛（りん）としている。

だれかが近くで音をたてた。驚いたブラックスワンは泳いで逃げた。水面上では優雅に泳いでいるように見えるが、水面下では大きなみずかきを激しく動かしているのだそうだ。これを見て、「たとえ天才でも、見えない所では努力をしている」という諺（ことわざ）がうまれたと聞いた。

オーストラリアでの十一日間の旅行を、二〇一六年に写真集のかたちでまとめている。久しぶりにそれを取り出してみた。

その表紙にブラックスワンの優雅な姿写真を使っていた。

オーストラリアには、有名なウルル（エアーズロック）という巨石があるし、シドニーには帆船（はんせん）のかたちを模（も）した印象的なオペラハウスもあった。これらにも感動したはずなのだが。

それほど、ブラックスワンに魅了(みりょう)されたということらしい。日本のお城の堀に浮かんでいるコブハクチョウを見て、この景色に白鳥が似合う……と思っていたのだけれど、オーストラリアのブラックスワンは、もっとずしーんと私の心を打ったようだ。

なんとなくブラックスワンを擬人化(ぎじんか)して、あんなに気品があって、凛としたカッコいい女になりたいと思っているのだ、きっと私は。

二〇二二年　九月

「ららら　真面目な変人は　魅力的なのよ」

平凡だけれども非凡な。

こんな人生を送った人は他にもいるだろう。

しかし、私と同じ人生を送った人はいない。人生、いろいろ。この世のものは絶えず変化し続けている。私もそれに影響を受けて、常に変わり続けてきた。

顔の皺が増えて白髪頭になって、歩くスピードが遅くなって、そろそろエンドマークが視野に入る年齢になった。一期に臨んでどんな終止符で飾ろうか。

振り返れば、私の人生は二十七歳くらいから、自分で責任がやっと持てるようになったと思う。日本を離れてからのことだ。

その前は、流れる川に浮かんだ小舟に乗っただけ。その川、その舟すら自分では選べなかった。そんな人生をもっと豊かなものにするには、と考え始めたのもこの頃から。

女性が社会でいきいきと生きるのは、どうすればいいのか、考えながら歩いていた。少なくともドイツでの生活では、考える余裕があった。

一九七〇年代頃の日本では、女性であることは弱点であった。しかし、ドイツでは、女性であることは気にしなくてもいい、そして女性であることが、ある意味で武器になることを知った。

童謡『ぶんぶんぶん』は、元々はチェコのボヘミア地方の民謡らしいのだが、一八四三年にドイツで詞がつけられて、ライプチヒで出版された童謡集に収録されたのだそうだ。

ドイツにいた時に、キンダーガーデン（幼稚園）で子供たちがこの歌をよく歌っているのを聞いた。日本で子供の頃に歌っていただけに、ドイツの歌だと知った時には驚いた。そして、ドイツにいても、自分の子供の頃の感性(かんせい)で生きていけばいいのではと、ちょっと安心した。

「ぶんぶんぶん」。ストレスよ、飛んでいけ。

「ぶんぶんぶん」。悩んでいるのは私だけではない。ハチが軽快に飛んでいくようなリズムが心地よく、私の背中を押してくれた。

これからの自分の課題を探してみよう。青春時代の気まぐれな生き方を考察してみよう。歌いながら、そう考えた。

ドイツ人に真正面から接すれば、言葉に負い目があっても、いい関係が築けるかもしれない。ドイツ語を、まるで幼児のように吸収していったのだから、人間関係も女性である優しさを武器に、できるだけゆっくり落ち着いて築いていこう。

小さな幸せに気が付く瞬間を、これからは大事にしたい。理性や知性とともに感情を大事にしよう。新しい場所に来たからこそ、どこか新鮮な考えができるような気がした。人との絆を大切にしながらも、ドイツ人のお節介を気にせず、ある意味で自分本位な生きかたをする、真面目な変人でいた方が楽だと思ったのだ。

真面目な変人って?

周りに流され過ぎずに、人と違う行動をする人のことだけれど。嘘やいい加減なところが無く、真剣に生きている人のことである。誠実であることも不可欠である。

変人的な生き方、エキセントリックな生き方は、悪いだけではない。私は、凡人と言われるよりも、変人として人格が認められるのが嬉しい。

女の優しさには、ストレートなイメージの男性と違って、ミステリアスな女っぽさ、意外性のある色気が必要なのだ。これは、流し目をしながら、モンローウォークができるというような色っぽさという意味ではない。

だから、真面目な変人になるには、それなりの努力をする必要があるのだけれど。


ドイツから帰国して数年後、久しぶりに箕面北（みのおきた）小学校の同窓会に出席した。

その帰り道で、幼馴染（おさななじみ）のＡ子ちゃんが、

「みよこちゃんは、昔から変人って言われていたやん」と私に言った。

そう、ほかの子供たちとは違った視点、行動力を持っていたような気がする。思いついたら物凄い集中力でのめり込む、周りの人に一応は遠慮しながらも、人とは違う行動をする子供であったような気がする。

これは、非常識とはちがう。だから、変人と言われても気にしない、むしろ人と違うと言われて喜んでいたようにも思う。

「あそこに水たまりができている。危ないわ」

「あ、何のこと」と、けげんな顔をされた。

「だからねー。枯れ葉のお掃除をしないと、溝が詰まって水たまりができてしまうでしょ

う」

私はすました顔でA子ちゃんたちに告げた。

「みよこちゃん。今、お掃除をするの？」

「そうよ、枯れ葉は日が経つと重くなってしまうから」

そう言いながら、数人の生徒を誘って校舎横の側溝（そっこう）の枯れ葉を掻き出し始めた。

チャイムがなって、午後の授業が始まった。

「もう少しで終わるね」と言いながら、私達はそのまま掃除を続けていた。

「授業が始まったので、教室に帰ってくださーい」

「うーん、もうちょっと」

「じゃあ、終わったらすぐに帰ってきてね」

U先生は、私の勢いに負けて、そう言って一人で教室に帰っていかれた。

「変な子！」と言いながら。

一九五六年の九月に、火星が地球に大接近したことがあった。私は十二歳、六年生であった。火星は、真夜中の零時前に東から昇り、日の出前に、南の空に輝いて、明るく見える。通常よりも二倍の大きさになるらしいが、火星は月の約七十分の一の大きさしかな

子供の頃に歌っていた歌が、ドイツの歌だなんてびっくりしたが、日本の子供たちが歌うのを聞いて、

「ぶんぶんぶん」。ストレスよ、飛んでいけ。

悩んでいるのは私だけではないと、歌ったころを懐かしく、思い出した。

「カッコウ、クックックス　これからの人生をどう生きる」

七十七歳になって、どんな最終章で飾ろうかと考えるようになった。

人生とは、一瞬一瞬の積み重ねと言われているが、一番楽しかったのは、一番苦しかったのはいつだったろうか。一瞬というのは、どのくらいの時間なのだろう。少なくとも、ドイツにいた時の時間は長く感じられていた。反対に、日本に帰国してからは時間が飛ぶように過ぎて行った。

平凡だけれども非凡な。こんな人生を送った人は他にもいるだろう。

変人と呼ばれて喜ぶ人はあまりいないと思う。でも、私はこれからもそう呼ばれ続けたい。

ゴールまではまだ遠いさ、ゆっくり行こうって、自分に言い聞かせながら。

二〇二二年　六月

 「ららら　真面目な変人は　魅力的なのよ」

〈著者紹介〉
松江 ミルナ（まつえ みるな）

おんな心

2023年3月17日　第1刷発行

著　者　　松江ミルナ
発行人　　久保田貴幸

発行元　　株式会社 幻冬舎メディアコンサルティング
〒151-0051　東京都渋谷区千駄ヶ谷4-9-7
電話　03-5411-6440（編集）

発売元　　株式会社 幻冬舎
〒151-0051　東京都渋谷区千駄ヶ谷4-9-7
電話　03-5411-6222（営業）

印刷・製本　中央精版印刷株式会社
装　丁　　野口萌

検印廃止

Printed in Japan
ISBN 978-4-344-94267-7 C0095
幻冬舎メディアコンサルティングＨＰ
https://www.gentosha-mc.com/

JASRAC　出　2210182-201